# 日本人は論理的でなくていい

山本 尚

産經新聞出版

# まえがき

日本人にノーベル賞受賞が多いのはなぜ？

日本食や炭素繊維などで、日本が世界を席巻できるのはなぜ？

新型コロナウイルス禍に「自粛」で戦えた本当の理由は？

こうした疑問は日本人なら、なんとなく持っている。その答えは、日本人が昔から培ってきた独特の民族性に由来すると言うと、びっくりする人がいるだろう。

日本人の民族性は内向型で、感覚型で受け止め、フィーリング型で対処すると言われている。面白いことに、このタイプを持つ民族は世界で唯一日本人だけだ。この日本人の民族性は他の国の人たちと全く違う様々な利点を生み出した。

また、多くの欠点もあるが、利点も欠点も含めて日本人であり、その特徴が今日の日本を作っているのである。だから利点と欠点の両方を理解することで、日本人に有利な生き方と仕事の仕方を見つけることができる。

例えば、日本人はノーベル賞の受賞者が多いが、どうすれば今後、受賞者を増やすことができるのだろうか。日本人の民族性を生かして、他国では決してできない経済の革新的な展開を期待できるのだろうか。さらには、世界中が不思議に思っているが、なぜ新型コロナウイルスに対して自粛だけで対応できたのかなど、我々は自らの民族性を知り、その特徴を利用しなければならない。

日本人の民族性が日本を救ったこともあった。太平洋戦争で敗戦し、アメリカ軍が日本に上陸した。その際に大変な混乱が起こるはずだったが、比較的スムースに米軍と我が国の政府は戦後を乗り切った。その後、日本は目覚ましい発展を遂げた。その裏にやはり日本人の持っている素晴らしい民族性があった。

それをしっかり知り本当に理解することで、今後の生きがいのある生活への指針が生まれる。

私は全世界でとてもたくさんの素敵な人に会い、大きな影響を受けてきた。私にとって忘れることのできない大切な人たち。誰が欠けても今の私はいない。私の〝遺伝史〟を作り上げた人たちである。

# まえがき

人間は誰しも心の中に、自分の知らない素晴らしい自分が眠っている。それを人は「未見の我」と呼んでいる。世の中には自分の中に埋もれている素晴らしい「未見の我」に気付かずに埋もらせたままこの世を去っていく人が多い。

私はたくさんの人に会い、思いもかけない「未見の我」に気づいた。その人たちから教えてもらった人生の生き方のコツもこの本では書いてみた。しかもその素晴らしい人たちのほとんどが、日本人の民族性と深い関わりを持っている。この本を読まれて、自分の中の日本人という「未見の我」に気づいてほしい。

私は今、生涯で一番本気になって化学に打ち込んでいる。長く自分の好奇心と夢のためだけに研究を続けてきた。しかし、最後は世の中に役立つことをしたいと考えて、77歳の今も現役で挑戦を始めた。

世界初の「デザイン型ルイス酸触媒」を提唱して半世紀になる。ようやくその重要性が世界から認められてきた。この「デザイン型ルイス酸触媒」を使うことによってクラシックなペプチド合成を根底から革新する。今後、医薬品は全てペプチド医薬品になるだろうが、純度よく、コストは従来の1万分の1から1千分の1に減らす。ペプチド医薬品は人体の様々な機能を制御し、副作用もほとんどない。

現在、日本の医薬品メーカーは元気がなく、海外と比較して一回りも二回りも小さい。今後創薬の主流となるペプチド医薬品で、日本の企業が世界のトップに返り咲くお手伝いをしたいと願っている。

日本のメーカーが世界トップになること、それが今の私の夢なのである。


発明や発見の方法についても本書では述べている。

発明や発見に今は創発という言葉がよく使われる。

発明や発見は不意にひらめくもの？

私はそうではなかった。

まず、発明・発見に導くための、ひらめきを受け入れる心の準備が必要だ。それがなければ、素晴らしいひらめきの瞬間は通り過ぎてゆく。

発明や発見は科学技術だけの問題ではない。日常のちょっとした思いつきも、この発明や発見と同じ。この本ではこうした発明や発見に至る道筋をできるだけわかりやすくお話しした。

そして、なぜ、日本人はこうした発明や発見に長けているのかが分かれば、その素晴らしい瞬間を誰もが体験することができる。日本人の民族性は、この発明や発見の受け皿になる。

しかし、前に述べたように日本人が不得意な特性も多い。こうした分野に我々は不得意なのだとしっかり意識することで、不得意を乗り越えて、成果を出すこともできるはずである。なかなかうまくゆかないときに、その理由がわかるとあっけなく解消できることは多いのだ。

こうした能力は研究に対してだけではない。たぶんこれができる人は、ヒット商品を考えることもできるし、様々な分野で、これまでうまくいかなかった仕事にも成功できる人だと思う。

日本人の独特の民族性を100%活かすことで、人生の様々な競争に勝つことができ、今後の展開が変わってくる。

# 日本人は論理的でなくていい

◎目次

装幀／神長文夫＋柏田幸子
ＤＴＰ製作／荒川典久
本文写真／著者
産経新聞社

# 第1章　創造性を引き出す

# 気に入らない人の個性が鍵

ある年の初めに私は次のような手紙を研究室のメンバー全員に送った。

〈私の研究室のメンバーは「お互いに人として尊敬し合うべき」だと思っています。各メンバーは、それぞれ、強い個性があり、それぞれ独特の長所と短所を持っています。能力と個性は人によって全く違います。

お互いに人としての尊厳を認め、尊重し、また、自分も尊重してもらうことで、世界でトップを走る研究をみんなで築き合うことが出来ます。

メンバーの長所を褒め、短所は無視し、決して自らの視点からのコメントをしないことが絶対に必要です。もしどうしても必要なら、短所はその人には直接伝えずに、自分でそっと、黙ってその人をサポートしてあげることです。短所はその人がいつの日か必ず自分で気付きます。人に言われることで、この自ら気づくという大切な可能性がなくなり、その結果、その人の短所は決して治りません。私たち全員が成長し、全員が成功することこそグループの発展に必要なのです。自分一人が成長できる、良い研究ができると考えている人は、大切なものを忘れているのです。他人を尊重し、その良い所を伸ばすことで、グループ全員が伸び、自分も伸びてゆくことができるのです。

人間関係の限界を超えて、世界一の「化学」を目指して、毎日頑張って行くのが良い研究グループのただ一つの成功への道です。私は、グループがそうした研究グループであってほしいと心から祈っています〉

人間関係ほど難しいものはなく、また、多くの人の協力で、目標を目指して活動を進めてゆく上で、グループ内の好ましい人間関係は必須のものである。皆が同じ目標を見ているときは問題ないが、それに疑問が出始め、視線が変わってくると、お互いにメンバーの欠点が気になり始め、ともすれば、足の引っ張り合いが起こる。大きな目標に到達するには、グループ全員の目標を一致させることである。特に優秀な人が集まった場合には、よほど気をつけないとお互いに傷つけ合うことになりがちである。一度傷つけ合うと、これはグループ全員の大きなロスとなる。

新しい組織を作る際、これは素晴らしい人だと思って採用した人について、場合によってはがっかりさせられ、こんなはずでなかったと思う日が来るかもしれない。実は、その人こそ皆さん方には大切な人である。どんな人でも長所があり、その気に入らない人の、あなたにとって気に入らない個性は皆さん方の才能を開花させる鍵だと思う。そして、一方では、あなたがその人を受け入れることで、その方は自信を持ち、生き生きと仕事をしてくれることになるはずだ。

昔、元大阪市立大学教授の井本稔先生（故人）が「仲間褒めをしてこそ、分野が広がる」と言われていた。自分の小さなグループメンバーをメンバーの外の人に話すときに、決して貶してはならない。大袈裟なくらいに褒めて丁度いい。そうすることで、そのグループは繁栄し、ひいてはあなたにも返ってくる。これは大きなグループになってもそうである。そうすることで分野が栄える。

残念ながら、それによって自分がどんどん貧しくなるのもわからずに、これと真逆のことをする人がいる。

# 発展の扉を閉ざす言葉

自分で考えた、また人から助言された様々なアイデアは、聞いた瞬間にすぐには否定しないことがとても大切である。否定はやめて、全てをまずは肯定的に受け止める。そして最後に、提案を成功させるには何をすればいいのか、何が足りないのかと、頭を絞ることだ。これは科学技術で成功するための、必須の第一歩である。

しかしほとんどの人が、最初に自分で考え、作り上げた枠組みから判断し、それに囚われて、他の隠れた可能性の存在に気付かず、その隠れた可能性を否定し、その結果、最高の成功の機会を失う。こうしたことによって、たくさんの研究者が千載一遇の成功の機会を失っている。

例えば会議でも、人の提案や意見に対してすぐに否定する人がいるが、それでは会議そのものが成り立たなくなり、全員が迷惑する。まず賛成し、それからその提案を成功させるために考えた自分のアイデア、新しい答えを提案することこそが何より大切だ。それによって会議は本来の目標を取り戻し、その会議によって誰も考えつかなかった革新的な展開を見ることができる。

すぐに否定的な考えを話す人は、それだけで世界を狭くしている。また、大きな発展や大きな発明のせっかくの機会を失っている。これほどもったいないことはない。いわば、発展のための扉を自ら閉ざしている。

もちろん、否定的な考え方が全て悪いのではない。しかし、まずは自分を抑えて、否定的な考え方も排除しないで横に置き、出された提案を生かす方法を考えることが大切だ。提案した人を否定するためだけに、感情的に否定的意見を言い切る人を見かけるが、この人はグループの討論にとってネガティブな人であるとしか言えない。

自分の感情や面子より、全体の成果を大切に考え、そのためには自分の感情を押し殺すことのできる人が伸びる人であり、そのグループの成果を上げることができる人である。そして、場合によっては否定的な考えが、却って素晴らしい新しい可能性の扉を開くこともある。否定的な考えはこっそり裏返してみよう。

テレビ番組などでも、すぐに否定する評論家は見ていてもあまり面白くない。否定することで自らの権威を示そうとしているが、むしろ反対である。否定の後ろにある肯定の部分まで言及する評論家は聞いていて清々しく、また大変に参考になる。

否定することは、実は発明や発見に至る道を完全に閉ざす上で、一番有効な方法である。そのために、いつも否定から始まる人は発明や発見からほとんど縁のない一生を送る可能性が高い。こうした人は思いがけない小さな思いつきですら、一番遠い一生になる。なぜなら、否定する人は、自分の考え以外の全ての考えが世の中に存在する可能性を消し去っているからだ。

人が発明や発見に至る一番効果的な道は、自分を否定することから始まると言っていい。いつも自分を肯定するだけでは、思いがけない発想には至らない。

## ビッグ・ピクチャーを描けてこそ

「ビッグ・ピクチャー」を描くことは、人生で大きな仕事をするには必要不可欠である。小さな絵は、たとえ成功しても、必ずしも大きな成功には結びつかない。できるだけ大きな絵を描くことは、人生に成功する上で最も大切なことではないだろうか。日本人はどちらかといえば、大きな絵を描くことは法螺《ほら》吹《ふ》きだと思われ、萎縮してしまう傾向があるが、そうではない。

しかし、実現可能な大きな絵を描くことは、それほど易しいことではなく、社会で10年後、20年後にどのように受け止められるか、どのように世の中が動くのかまで、考える必要がある。そのためには未来を読む確かな目が必要となる。これは一朝一夕で身につくことではない。

それでも、人生の最初から、野放図にビッグ・ピクチャーを描くことにこだわり、忖度なしで思い通りの絵を描き続けて欲しい。ビッグ・ピクチャーを描き、5年、10年とその実現に向けて、粘り強く思いつづけることで、これまで、考えてもみなかった未来の新しい景色が見えてくる。そうなると、実現可能な「本当の大きな絵」を描くのは時間の問題になる。夢の大きさでその人の器が決まると言ってよい。

何年もの時間を、つまらない仕事で空費するくらいなら、意義のある大きな絵を構想するのに、何年かかってもしっかり時間を使ったほうが良い。決して惜しい時間ではない。また、それくらいの時間を費やしてこそ、その後の研究や仕事を遂行するエネルギーが出てくる。

誰の言葉だったか、「とてもできるはずはないと他人に嗤《わら》われてこそ、本当の志だ」と書いてあるのを読んだことがある。私たちは人に嗤われるほどの大きな夢を持とう。

70歳になってから私が始めたペプチド合成は、気がつけば、私には手に負えないほど大きなプロジェクトになっている。どう作るかという合成に始まり、何を作るのかという領域まで広がった。始めるときは、何人もの人から「先生正気か」と言われたが、いつ死んでもいいと思うことで踏ん切りがついた。

今は、この研究を始めて本当に良かったと思う。毎日が、生きていると実感できて、充実しているからである。あと5年やらせてくださいと言って、呆れられているが。

# 「盗め、殺せ、火をつけよ」

「盗め、殺せ、火をつけよ」

この言葉は作家のなだいなださんが『パパのおくりもの』（文春文庫、現在は電子版）に書いておられた言葉である。そして、私の大好きな言葉でもある。大げさに言うと、人はこうして大きくなってゆくと思っている。

例えば、研究にしても、恩師の学問を盗み、恩師の学問を殺して（本当に殺すのではありません）終結させ、火をつけて跡形もなく消して、その上に、自分の学問を打ち立てなければならない。最近では、これほどの気概ある若い研究者が少ないのが残念である。

大学の研究室で言えば、最初は恩師の学問に憧れ、その門を叩くが、何年か経つうちに「大好き」と「大嫌い」が半々になる時期が必ず来るものである。このときになったら、別れどきだと思わなければならない。本当に大嫌いになってしまうまで、待っているのはお互いに不幸である。

だから、そうなり始める前に、師はそっと、弟子を外に出してあげることだ。たとえそれが自分の仕事にどれほどマイナスになっても、そうしなければならない。

また、師は弟子からも学ばなければならない。師は弟子の良いところを盗まなければならない。そうでなければ世界には勝てない。

私は女性の共同研究者が大好きだが、これは男性と女性とでは、ものの考え方の基本が違っているからである。男性の私にとっては、同性の男性より、女性からの方が盗むものがはるかに多い。

また、外国人の研究者を受け入れるのも大切だ。なぜなら、民族性が異なり、私たちとは異なったモノの考え方を盗むことができるからである。時に自らを殺し、深い愛情を持って、他人から様々なことを学び、心を込めて、また敬意を込めて、盗み、殺さなければならない。

私は自分の囚われからいかに自分を解放するかが、科学の発明や発見に繋がると考えているが、さらには人の考えを盗むことで、一層、自分が発展し、素晴らしい新しい考えに到達できるとも考えている。盗むことで、全く違う視点で自らの研究（仕事）を眺め、そして、新たな展開のための方策を考えることが可能となる。

その人に対して、愛情を持っていなければ、その人から盗むことは大変難しい。愛情を持たない、大嫌いな人からはよほどの人でなければ盗むことは難しいのである。

特に、嫌いな人は自分と違う大切なものを持っていることが多い。そこからこそ、うんと盗もう。これで、あなたはびっくりするくらい成長できる。

考えてみると、「盗め、殺せ、火をつけよ」は茶道の「守《しゅ》・破《は》・離《り》」と通じ合うものがある。日本文化では、この行為を他にも様々な形で表現している。私の好きな、この乱暴な言い方は日本人のものの考え方を表現する手法の一つになる。

ある講演で「盗め、殺せ、火をつけよ」は私の大好きな言葉だと言ったら、講演後、「先生、これはちょっと危ない言葉なので気をつけて使ってください」と本気で注意された。なるほどと思ったが、非常に奥深い言葉である。

## 「私失敗しないので」

研究を進めてゆく上で最も大切なことは、簡単にプロジェクトを諦めないことである。日々の小さなプロジェクトでも、長期にわたる大きなプロジェクトでも、逆風のときは、たとえ成功しなくてもなんとかならないかと、様々な異なった手法を考える。これは、研究の激しい競争に勝つための唯一の秘訣である。普通のことをしていたら、当たり前の結果しか出てこない。それでは競争には勝てない。

中途半端にやめてしまっているプロジェクトをよく見かける。やめたのには多くの理由があると思うが、私はとても惜しいと感じる。プロジェクトはそう簡単にはやめてはいけない。むしろ自分のものの考え方を改めることが大切だ。

私の友人で、複雑な天然物を合成することに挑戦していた人がいた。誰もが不可能だと思っていたことへの挑戦で、話題になっていた。その後、30年ほど経ったときに、あの合成はどうなったのですかとお聞きしたところ、「もちろんやっております」という答えであった。実に30年も我慢し続けたのだ。彼は「私は今までどのプロジェクトも失敗したことがない、やめていないから」と胸を張っておられたが、なるほどそうですねとしか言えない。

テレビドラマの『ドクターX』では「私、失敗しないので」という決め台詞が有名だが、私も同じことを言う。しかし、私の場合は「失敗しない――なぜならそのプロジェクトをやめないから！」と言う。やめなければ失敗はない。そして、やめないで、粘り強く様々な視点で考え続けることで、びっくりするような結果が出てくる。やめると、その機会がすっかりなくなってしまう。

別の言い方をすると、他人が諦めることで競争相手はどんどん減ってくる。成功するときの成果もその分、大きくなる。すなわち、それほどに難しいと思われる課題は、解けたときの見返りは計り知れない。

考え続けることで、どんなに難しい課題でも数カ月、あるいは数年後には素晴らしい打開案が出て来る可能性がある。少なくとも私にはあった。それまで、粘り強く考え続けることで、最後の勝者になれる。難しい課題は誰にとっても難しい。逆にやさしい課題は誰でもできる面白くない課題である。

どんな領域でも「もうこれ以上の成果は出ない」というのは嘘だ。私が中学時代にお世話になった『銀の匙』（中勘助、岩波文庫）のように、本当に短い本でも3年間、毎日勉強できるくらいの材料を提供してくれるのだから。

また、長年考えていると、5年後、10年後には、その関連分野で新しい手法や新しい切り口が見つかってくることが多い。その新しい知見を、温め続けてきた古いプロジェクトに適用すると驚くほど簡単に、以前は解けなかった問題が嘘のように簡単に解決されることも多い。これは長年待った功徳だろう。

## 課題を立方体として見る訓練

本書の後半で詳述するが、恩師であるハーバード大学のコーリー教授（イライアス・ジェイムズ・コーリー、ノーベル化学賞受賞）のご紹介で、１９７３年に私は小野薬品でコンサルタントを始めた。その後、現在に至るまで、コンサルタントとして20以上の様々な企業をお訪ねした。

私は、実はこんな面白い商売はないと思っている。コンサルタントというものは、ある人や企業が何カ月も何年も考えているプロジェクトについて、その場で10分ほど話を聞き、すぐに彼らがそれまで考えなかった全く新しい切り口を考え、話さなければならないのである。こんな面白い、スリリングなゲームがあるだろうか。

コンサルタントでは、最初に相対する人のものの考え方の限界を見つける必要があるし、これまで聞いたことのない可能性や新しい考え方を提案しなければならない。この間の考え方は、実は発明や発見のプロセスとよく似ているのだが、コンサルタントとして他者と会話をするほうが簡単だ。

なぜなら、コンサルタントでは相手のものの考え方が対象だが、発明や発見では自分があらかじめ持っている既成概念こそが対象だからである。自分の既成概念と闘うのは難しく、相手の持っている考えが闘う対象であるほうが、はるかに簡単なのである。

米国やヨーロッパの企業はこうしたコンサルタントのシステムを非常にうまく使っている。コンサルタントによって具体的な新しい考え方を得るというより、担当の研究者の固定観念を崩すのだという考え方が広く行き渡っているのだろう。

以前、私が米国の有名な製薬会社をコンサルタントとして訪れたとき、部屋に入ると、すでにコロンビア大学の超有名な先生がおられた。その先生と私の2人でコンサルタントをして欲しいとのことである。

説明された課題に対して、２人で様々な考え方を侃々諤々提案し、また、私とその先生との間でディスカッションまでして、全く別の考え方などを提案できた。数時間で疲労困憊したが、それなりに良い方法で、勉強になったし、面白かった。

また、某自動車会社のコンサルタントも、素晴らしかった。研究者が２～３人で来られ、Ｂ４で１枚に要領よくまとめた課題を見せられる。ターゲットは車なので、非常に広い分野にわたる。もちろん、私の専門分野とはかけはなれていることが多い。しかし、それでいいのである。狭い分野の専門家では少し考えればすぐにわかったと判断してしまうが、全くの門外漢は全く新しい考え方で課題を見ることができるからこそ貴重なのである。

コンサルタントに慣れてくると、出された課題を立方体のように考え、前面からの考え、背面からの考え、上面や下面からの考え、右面や左面からの考えと、勝手に回してゆく。その過程で全く考えたことのなかった側面を見出す。これが最初の手がかりとなるのだ。そういうわけで面白い。

こうした訓練を何度も経験するうちに、少しずつであるが視野が広がる。これが自分の研究に大きな良い影響を与える。そういう意味で、私はコンサルタントをしない先生はあまり創造的な仕事はできないとさえ思っている。また、コンサルタントをしても、前述のように立方体の様々な側面を考えていない人も多い。これではダメである。

研究費の申請の評価者には、こうしたコンサルタントの経験を重ねた人をぜひ集めていただきたい。さもなければ、とても狭い考えの人から、とても狭い評価を受けることになる。

## ぼんやり考えることが道を開く

素晴らしい数学者である廣中平祐先生（日本人で2人目のフィールズ賞受賞者、ハーバード大学名誉教授）には色々と教えていただいた。私が大学院生だった頃、廣中先生は新進気鋭の若手数学者として、ハーバード大学数学科教授に赴任しておられた。貧しい大学院生の私は郊外の壮大なご自宅に招いていただいたり、時には大学のファカルティクラブ（レストラン）で昼食をご馳走になったりした。

廣中平祐先生。ハーバード大学数学科の新進気鋭の先生は好奇心の塊だった

ある日、例によって私の実験室にふらりと立ち寄られ、ランチに行こうかとのお誘いである。ちょうど実験で手が離せなかったので、少しお待ちいただいた。その間、部屋の椅子に座ってじっと私が実験するのを見ておられたが、突然、「君はそんなに毎日忙しくしていて、不安じゃないのかい？」と言われた。京都大学で実験を始めた時に「君が他の人に自慢できるのは、体力と時間をいっぱい使って、たくさん実験することだけだ」と先輩に言われつづけた私は、ここにきて正反対のことを言われて、当惑した。

「働いていない時の方が、不安です」

とお答えしたが、先生は「私は、何もしないで自宅のハンモックに揺られてぼんやり考えている時こそ一番安心する！」と言われた。

続いて「大切な自分の人生の時間を、不要不急の仕事で無駄に費やしているのではないかと思うと、とても不安になるのだよ！」と言われた。この衝撃的な先生のお言葉は、私ののちの人生に大きな影響を与えてくれた。慌ただしく人生を生きることで、本当に大切なものを見失うのである。

さて、先生のこのお話には「ハンモックに揺られて『ぼんやり』考えている」という件《くだり》がある。「ぼんやり」というのは、これも大切な考え方である。あまり突き詰めて考えていたのでは、本当に良いアイデアは心に浮かばないことを先生は教えてくれた。

「集中して考えろ！」という教えはよく聞くが、これは本当ではない。人はプロジェクトを24時間考える必要はあるが、実は集中して考えていることをやめ、少し横からぼんやりとプロジェクトを眺めることで本当に素晴らしい発想が不意に湧いてくる。理論物理の故・湯川秀樹博士も「私の中間子論はお風呂の中で生まれた」と話しておられる。

スリニ・ピレイはその著書『ハーバード×脳科学でわかった究極の思考法』（ダイヤモンド社）で、矛盾をあえて受け入れることで、脳の可能性を極限まで高めることができる、と指摘している。

そのための処方箋として、

（1）「偽りの過去」に騙されるな、（2）これまでの経験や記憶を疑ってみよう、（3）「論理」にこだわるな、（4）当たり前のことは疑ってみろ、（5）すぐに「答え」を求めるな、（6）頭を常に柔らかく保て、（7）「想像」を広げろ、（8）「鳥の視線」を持て、そして（9）「非集中」の脳のスイッチを入れろ

と言っている。あまり集中しないことで、脳は一気に発想を広げることができる。すなわち、この著者は集中と非集中を入れ替えることを勧めている。

私は研究室のメンバーには、「24時間テーマについて考えてください」とお願いしている。24時間とは夜も入っている。私は夢でも化学のプロジェクトを考えることが大切だと強調している。そのくらいに集中しているからこそ、非集中のスイッチを入れることができる。これによって素晴らしいアイデアが不意に出てくる。集中だけでもダメで、非集中との組み合わせが最善の結果を生む。

もっとも、夢であまりに素晴らしいアイデアを思いつき、興奮して目が覚めてしまい、朝まで眠れなかったことも何度か経験した。このうち、いくつかは成功して、大きな論文へ

と発展した。夢といって、馬鹿にしてはいけない。たとえつまらない夢でも、夢に見るということはそのプロジェクトに全身を投入していることになる。夢を見ましたと言う研究者に私は「君もやっと一人前になったね」と褒めるのを忘れない。

# 第2章　日本人は論理的でなくていい

# ノーベル賞受賞者はフィーリング型

ユングのタイプ論では、意識が内に向かう内向型と外に向かう外向型、対象を捉えるときに表面的特色で捉える感覚型と本質で捉える直感型、そして、判断する際に論理的に判断する思考型と、気持ちで判断する気持ち型に分けられるという。

それを用いて世界の民族を分類した研究では、日本人は内向型で感覚型でフィーリング型（気持ち型）である。この日本人の民族性は世界の約150の民族の中でも際立っており、このような民族は日本人しかいないと言われるほど特異である。

確かに、日本人は論理的に考えることは苦手である。

故・湯川秀樹教授は「日本人のメンタリティーは多くの場合、抽象的思考には適していない。感覚的事象にしか興味を示さなかった」と言われていた。

周りの人たちを見渡してほしい。感情を抜きにして本当に論理だけで生活をしている人は非常に少ないのに気づくだろう。これは欧米の人達とは際立って違っている。

日本人は抽象的に考えることが嫌いであり、そのために日本語には抽象名詞が非常に少ない。一方で、ラテン語は数式のようである。ヨーロッパ人にとって言葉とはそういう論理的な物であり、日本語とは全く異なる。いつもこの話をして、「皆さんの周りに論理的な人はいないでしょう」と言うと、ほぼ全員の人が賛成してくれる。

しかし、私はフィーリングの良い人、センスの良い人は科学技術の世界で必ず成功する人だと思っている。幸いなことに、このタイプに相当する日本人は非常に多い。

職業柄、私は多くのノーベル賞受賞者とおつきあいさせていただいたが、日本人以外でも、ほぼ全員がフィーリング型であった。少なくとも論理的な人はほとんど見かけなかった。私は日本人にフィーリング型が多いのは本当に幸運だと思っている。極端な言い方をすると、センスの悪い人、ピンとこない人（?）はノーベル賞受賞者と友達になれない。

ただし、フィーリングは大切であるものの、少し変わったことを急に思いついたといってすぐに試す人は、あるべき本当のフィーリング型とは全く違う。いくらフィーリングが大切だと言っても、その裏側にはきちんとした論理的な説明は必要である。しかし、その科学的・論理的な説明は、万人が納得する完璧な説明でなくても良い。少しでも筋が通っている説明があればそれで良く、むしろその方がいい。そんな考え方もあったのかと、珍しがられるくらいで、ちょうどいい加減だ。

私の大学院での指導教授はコーリー先生であった。先生は論理的な側面もお持ちの学者で、研究では単なる思いつきを嫌われていた。何かのアイデアを言っても、「なぜそう考えるのか」を必ず聞かれた。また、たとえ思いついたアイデアでも、必ず論理的な理由が必要であると教えられた。その論理的な理由はたとえ間違っていてもいい。

理由のない単に思いついただけのアイデアは決して試そうとは言ってくれなかった。

私はフィーリング型であったが、それでもおかげで、いつの間にか研究をする場合には、なぜそう考えるのか、そう考える基盤となる理由を、と様々な側面から考えることができるようになった。これは、私のその後の学者としての人生において大変に役立ったと思っている。

言い換えると、フィーリングはとても大切で、車のエンジンのようなものである。これがあるから、走ることも歩くこともできる。しかし闇雲に走っても、危うい。やはり先を見通したきちんとした地図は必要となる。科学技術の旅には論理の拠り所になる地図は必須なのである。エンジンと地図、その二つがあることによって、世界中どこへでも行ける。

## 弓とソロバンは日本人の究極の姿

内向型の人は内界の生命の世界に目を向け、外向型の人は外界の物質の世界に目を向けているという大きな違いがあるそうである。

内向型の人は、物質から自由になろうとし、他人と一つに溶け合おうとすると言われている。対立でなく、和合や融合へ向かう。

生命活動の目標は究極的には一つの生命体になることで、自分の特性は失わずに溶け合い、一体となることを究極の目標としている。その最終的な生命活動の合言葉は「愛」である。

従って、内向型の人は内界の生命に強く心を惹かれる。また、活動するときは仲間と一つになろうとする集団化の傾向が強い。

外向型の民族が物質を大切に考えているのとは全く異なっている。

最近、イタリアのブデッリ島に31年間、ただ一人で住んでいるマウロ・モランディ氏（島の管理人）の言葉に驚いた。彼は「誰かを深く愛するると、その人を美しいと思うようになるでしょう。肉体的に美しいのではなく、その人と共感し、その人の一部になる。そしてその人も自分の一部になる。自然との関係もまた同じです」（『ナショナル・ジオグラフィック』2020年4月2日）と言う。イタリア人でも、こんな内向的な人がいるのだ。

『弓と禅』（福村出版）の中で、著者のオイゲン・ヘリゲルは、こう語っている。

「いったい弓を引くのは私でしょうか、それとも私を一杯に引き絞るのが弓でしょうか。的にあてるのは私でしょうか、それとも的が私にあたるのでしょうか。あの〝それ〟は肉眼には精神的であり、心眼には肉体的なのでしょうか──その両者でしょうか、それともどちらでもないのでしょうか。これらのすべて、すなわち弓と矢と的と私とが互いに内面的に絡みあっているので、もはや私はこれを分離することができません。のみならずこれを分離しようとする要求すら消え去ってしまいました」

彼は来日したときには「弓道の理論的説明を求めたが、師は与えなかった」と述べていたが、帰国するときには日本人より、内向的な日本人になっていたのである。

戦後日本では、「意識的思考を排除する」教育が廃れ、「考える」教育が行われたという。私はこれを「記憶させる教育」と言っているが、いずれにせよ大きな変化である。

日本人なら誰でも知っているソロバンはその内向型の意識的思考を排除する極たるものであり、考えることではソロバンは機能しない。数字を見つつ論理的思考を排除して、無心で指を動かすと答えが出る。答えは「出る」のであって、答えを「出す」のではない。この状況も、先の弓と同じなのである。矢が的に「当たる」のであって、矢を的に「当てようとする」のでは当たらないのである。こうした考え方は、世界中探しても日本以外には存在しない。内向型の日本人の究極の姿が実現されている。

内向型の人は外への反応が遅く、外向型の人は速い。なぜなら、内向的な人は内界での経験は豊かでも、客体を知覚して行動するまでに主観的な観念が介在し、行動が客観的事実に適合するのを遅らせる傾向が強いからである。

例えば、人助けの方法でも全く異なっており、一般には外向型の人の方がすぐに手助けする。一方、内向型の日本人は、助けてあげたいという気持ちが先行するものの、実際の行動に移す前に、躊躇《ためら》いがある。

この躊躇いは日本文化の大切な一面である。これを理解しない限り、日本人を理解することは難しい。しかし、この躊躇いが発明発見を遅らせることがあるのも事実であり、そのことを研究者は必ず考えておかなければならない。思いついたことを、無邪気に試してみる野放図さが、ときには必要となる。

## 道理——新型コロナに自粛で対応した日本

内向的民族である日本人は、北欧などのドイツ語圏諸国と似ている。仲が良いスウェーデンの化学者は、私と性格が似ており、無口で愛想がなかった。ヨーロッパでは内向型のスウェーデン人や日本人は寡黙の旗頭、外向型のラテン系の民族は饒舌の旗頭と言われている。内向的な民族は単独を嫌い、集団の一員になることを好む。

しかし、同じ内向的民族と言われているドイツ語圏の諸国と日本が著しく異なるのは、彼らは物事を判断しなければならないときになると急に論理的な判断をとるが、我が国の人たちは論理的思考は苦手で、必ずと言ってよいほどフィーリングで判断するということである。

我が国には、「道理」という言葉で社会の法制を定めた時代があった。道理は「社会的常識」とも言えるが、歴史的には古く北条時代以来の法律用語である。当時は道理という言葉で裁判の判決を下していた。そして道理に背けば罰せられた。この道理という言葉は江戸時代まで、社会的常識として日本社会を支える重要な基盤となっていたが、海外でいう法制とは全く異なっている。

この道理という言葉は論理的思考では決して解釈できない。なぜなら、そこにあるのは論理的に説明できない社会の暗黙のルールだからである。法制と異なり、道理でどのくらい罰せられるかは裁判官の裁量となる。「理外の理」「言外の言」というが、これは「法外の法」である。

日本人は集団の一員となることで、無私になる。これは、欧米でいう「客観的規範に対する無私」ではなく、「他人に対する無私」である。この点でも外向型民族とは全く異なっている。このことが様々な社会現象への個人の対応の基盤となる。

また、内向型民族は外からのストレスに対しては自衛的になり、外向型のように攻撃的にはならない。だから、内向型民族は外から受けるストレスが大きいときには、とことん頑張って自分を守る。すなわち、内向的な人にとって、不安はストレスとなり、これに対応する自衛のためのエネルギーを出すことで、対処しようとする。内向型は、全ての悪いストレスの可能性を恐れ、否定的な見方から状況を悲観的に判断し、集団を守る自衛の行動を起こす。彼らは一言で言うと大変な心配症である。

今回の新型コロナウイルスに対する日本人の対応は、上記の内向型、感覚型、非論理的な日本人の性格で見事に理解できる。新型コロナは日本人を心配症にさせ、法規で縛らなくとも、道理を原点とする「自粛」で皆が一致団結して新型コロナに向かっていった。

米国のような外向的人種はコロナというストレスで攻撃的になり、外部を攻撃する。「コロナは中国から来た」と攻撃的になっているが、日本人はそんなふうに考えず、あくまで自衛的である。コロナ対策で、米国やヨーロッパの外向的な民族の行ったロックダウンやシャットダウンは日本の自粛とは全く違っており、違反すると法制に基づいて逮捕される。大変論理的である。

自粛はそれに比べるとはるかに緩やかな社会的ルールであり、違反しても社会的には目に見えない制裁を受けるだけだ。こうした現象は道理という言葉で理解できることが多い。

## 可愛い――日本人の美しさの基準

美しさの基準は、外向型が横に広がって伸びてゆくのに対して、内向型の日本人は、理想を目指して上に向かって限りなく高く昇ってゆく。理想のシンプルな美しさよりも、様々な美の形を追求し、それに到達する前の不完全さにも心惹かれるのが、日本人には普通に見られる嗜好である。

外向型の韓国の昔の高麗青磁は見事な対称型であるが、日本人は少し窪みがあったり、厚みが広がるものを好むことに韓国の陶工が驚いたというのも理解できる。

ヨーロッパやアメリカの建物もほとんどが対称型である。しかし日本の建築では、対称を崩しているものが結構多い。昔、中国から日本へと左右対称型の建物が入ってきたが、しばらくするとそれは非対称型に変わったと言われている。例えば、７世紀末～８世紀初頭に建立された法隆寺西院伽藍は、すでに右手に金堂、左手に五重塔がある非対称の配置である。海外からの導入が、日を追うといつの間にか日本型に変更されてゆくのは面白い。

日本文化でも、歌舞伎は最初は「傾奇《かぶき》」と書かれ、バランスを崩したおかしみや美しさを表現している。また、南北朝時代の「婆娑羅《ばさら》」という言葉は最初は「過差《かさ》」と言われていたが、同じような尖った風情を表現している。これらは我が国が世界に自慢すべき独特の美学文化であろう。

最近の「可愛い」はすでに国際語になっている。この言葉は成熟した美しさに到達する直前の一瞬の未完の美しさを表している。これもまた、日本人の究極の美の追求の一つである。

また、江戸時代の粋（イキ）や上方の粋（スイ）も昔は美の新しい基準だと言われていた。上方のスイは、息を吸い込むことを表しており、身の回りのあらゆるものを自分の身の内に取り込んで、血肉として自分の美を磨いてゆく。豊富な材料を、いかにアレンジメントするかというプラスの美学、重ね着の美学と言える。一方、江戸のイキは吐き出すことを意味しており、上方のスイとは正反対のマイナスの美学。最低限の元手を生かすという考え方である。江戸幕府の規制を巧みにかわして発展してきた江戸のお洒落を示している。江戸時代の小紋の美しさはイキの極致と言っていい。

## 内向型の謝罪、外向型の謝罪

内向型で感覚で受け止め、気持ち型（フィーリング型）の日本に対して、アメリカは外向型で直感で受け止め、気持ち型で判断する。その違いは大きい。

マッカーサー（連合国軍最高司令官）は来日したおり、昭和天皇を処刑することも考えていた節がある。

しかし、実際に面会した天皇陛下の態度で全てが変わったという。陛下は冒頭に「責任はすべて私にある。文武百官は、私の任命する所だから、彼等には責任はない。私の一身は、どうなろうと構わない。私はあなたにお委せする」（藤田尚徳『侍従長の回想』講談社学術文庫）と言われたという。マッカーサーは彼の知っている事実に照らして、天皇に帰すべきでない責任を、全て引き受けようとする陛下の態度に驚いたという。

陛下はさらに「この上は、どうか国民が生活に困らぬよう、連合国の援助をお願いしたい」と続けられたそうである。マッカーサーは「かつて、戦い敗れた国の元首で、このような言葉を述べられたことは、世界の歴史にも前例のないことと思う」と感動したという。他者に責任を転嫁させずに、どこまでも理想を追い求める内向型の民族の特色が見事に表現されている。陛下のこの無私の行為が日本を救ったのは事実だろう。

この後の日本の大発展は、世界を牽引する破壊的イノベーションが続々と現れ、経済を短期間に立て直した。これらは空襲で全てが破壊されたことが幸いしたのである。のちに述べるが、戦後の日本には破壊的イノベーションが始まる全ての要素が存在していた。そのため、普通なら起こらない内向型国家の破壊的イノベーションが発生したのであろう。そして、今、日本は日本の民族性に沿った新しいイノベーションを模索している。

しかし、日本人の民族性がマイナスになることもある。日本人はフィーリング型であり、また論理的な一貫性がないため、日本型の謝罪は必ずしも外向型の民族には届かない。さらに、外向型の国家は決して謝罪しない。ドイツは内向型であるため謝罪したが、それはヒットラーの行いについて謝罪したのである。しかし、アジア、アフリカ、南米での広範囲な植民地政策を行ったフランスやスペインなどの外向型国家は決して謝罪していない。いずれにせよ、この謝罪の問題が内向型の敗戦国だけの問題であり、外向型の戦勝国には全く問題にされていないことも事実であるが。

## 中国人や韓国人の民族性を知ろう

ユングのタイプ論から、中国人は外向型で直感・思考型と言われている。日本人とはまさに正反対である。中国人は基本的には明るく、貧困にも裕福にも柔軟に対応する。つまり、持っているものだけで楽しむことができる。しかし、外向型で物質に目が向けられているので、必然的に完全な個人主義である。

自分の個性を生かし、いつもできればトップになりたいと思っている。他人はしばしば競争相手であるので、まず人を疑うことから始める。アグレッシブである。相手を誤解してでも、有利に立とうとする。

日本人のようにすぐに謝らない。謝ったら最後、こちらが悪いことになるのである。

また、外向型の特色であるが、個人主義の「私」と「公」は正反対だから、当然、公徳心は乏しい。例えば、自分の利益にならない家の外の道路は汚しても平気である。確かに外向的な民族の自宅は綺麗で家の外は汚い。一方、内向的な民族の自宅は乱雑だが、外は綺麗である。道を5分歩けばどのタイプの国かがわかるのはそのためである。

また、中国人にとって政府は基本的には敵であり、内心では頼れるのは自分の血縁者だけだと思っている。家族の団結は世界一だろう。弱者には温かいが、こちらが強くなると、俄然対抗的になる。一般には自分の才能を認めてくれた人のためには、驚くほど真剣に働く。官僚と財界が操っている日本の政治家に比べて、中国の政治家にはこうした裏の支えがなく、したがって、個人としての政治家は遥かに優秀で、筋金入りである。

これらを見ても、中国人が日本人とは真逆であることがよくわかる。こうした民族性は、もちろん個人個人で異なるが、日本人には日本人の、中国人には中国人の共通した特色が存在するのである。他国の人と接する際に私たちは、その人の民族性を十分に理解して付き合うことで、良いところを引き出し、100%自分に還元することが可能だと認識すべきである。人を非難し、否定するだけでは、お互いに大きな成果を得ることができないし、自分にとって掛け替えのない友人もできない。

日本人が内向型であるのに対して、韓国人も典型的な外向型である。また、思考型感覚型の韓国人に対して日本人は気持ち型で全く異なる。地理的には近いのに正反対と言って良い。一般に論理性一貫性を重んじる韓国人の考え方が日本人には理解できないのはそのためである。

また、韓国人も政府を信じない代わりに家族を信じる。これは中国と似ている。公共心は薄く、あまり、契約や約束に拘らないのも、日本人とは異なっている。ギリシャやハンガリーの民族と似て、「恨」の意識は非常に強い。

日本人に特徴的な無私性は中国と韓国にはほとんど見られない。内向的な日本人は単独を嫌い、集団の一員になることを好み、無私性を尊ぶ。しかも、外向型の民族の客観的規範に対する無私性でなく、内向型民族では、他者に対する無私性である。「和を以《もっ》て貴しと為《な》す」の世界を作り上げているのだ。

## 「横に伸びる」と「上に伸びる」

ユングのタイプ論を使った国民性の分類で、日本人は内向的な民族だと記述されていると述べてきた。確かに日本人は集団生活を維持することを極めて大切にする。外向的な民族に見られる「他人がしないことをする」風潮は日本人には少ない。人間社会に溶け込むことこそ、最重要課題であると考える日本人は非常に多く、自分が集団に参加するために、何をすればいいか、まず最初に「社会に溶け込む為のマニュアル」を探すのが一般的である。

また、日本語ほど受動態が多い言語は世界でも珍しい。日に何度かは「させていただく」という言葉を話す。自分が積極的に何かをするのでなく、他人にやらせてもらうという表現である。

普通の表現でもそれは頻繁に見られる。例えば、「そこに座られると通れない」「この部屋でタバコを吸われるのは困る」など、日々の生活でこうした受動態は見られる。こんな民族は世界中探しても他にはいない。

そして、内向的であるために、子供達にも、まず集団に溶け込むように指導する。「みんなと同じ人間になれ」と教育する。これは、アメリカ人が「人とは違う人間になれ」と教育するのとは真逆である。つまり、アメリカ人は子供達に、「バイオリンのソリストになれ」と教育し、日本人は「オーケストラの一員になれ」と教育する。

日本には隣百姓という言葉がある。隣が種を蒔けば自分も種を蒔き、隣が稲刈りをすれば自分も稲刈りをする。これで一生大過なく生活できるというのである。

しかし、これでは世の中を動かす「破壊的イノベーション」を起こすことはできない。破壊的イノベーションとは、一時期に世界中を制覇していた商品が、ある日突然、別のイノベーションによって誕生した新商品にとって代わられることを指している。例えば、従来の印画紙の写真が、デジタルの写真に変わる。今では印画紙と言ってもわからない若者が多いが、この場合、デジタル写真は破壊的イノベーションと言われる（173ページの図1を参照）。

日本も製鉄業、造船業や、「ウォークマン」など世界を席巻した破壊的イノベーションが続々と出現した時期があったが、これは終戦後、東京が焼け野原になったからだと言われている。焼け野原だから、真似をする対象がほとんどなかったのである。しかし、その後、経済が好転し、前例が急速に増えるに従って、破壊的イノベーションは姿を消し、持続的イノベーションが横行して、だんだんと経済が停滞する今日の姿になったと言われている。

現在の市場を塗り替えて、全く新しい市場を提案し、そしてそれを実行する「破壊的イノベーション」は社会のこれまでの経済を変えてしまうほどの力がある。そして、これは一国の国際経済における立ち位置まで変えるほど大きな変化である。可能ならば、我が国からもこうした破壊的イノベーションの発信を期待したいが、日本人の民族性から判断すると、これは容易なことではない。見違えるほど外向的になった若い世代に期待したいものである。

先に述べたように、内向型は社会の融合を目指し、集団主義者になるが、外向型は区分・区別を目指し、対決を好む。一般には、内向型は個人単位では生産性が高い。この違いから、理想を目指して上に伸びようとする内向型に対して、現実と妥協し、外界を征服し、横に伸びようとするのが外向型である。

現在の社会で外向型がもてはやされているのは、横に伸びることは、新しい科学技術を開拓するには好都合だからである。横に伸びる破壊的イノベーションが外向型に適しているのはそのためである。しかし内向型の民族に対応する新しいイノベーションもあるはずであり、これに関してはのちに詳しく述べる。

# 第3章　日本人のフィーリングを活かす

# 「センスがいい」は不思議な言葉

フィーリング型の日本人が、科学技術の発展に有利な側面を挙げてみる。

この世界的に見ても非常にユニークな、内向型で、感覚型でフィーリング型の日本人は、その特色を活かすことで、これまで科学技術面の分野で世界に貢献することができた。

信じられないかもしれないが、日本人には簡単にできても、この民族性を持たない諸外国の人には真似ができないことはたくさんある。フィーリングとセンスは、日本人は卓越しており、このために日本人は多くのノーベル賞学者を輩出することができた。

例えば、山中伸弥先生は「自分は日本人だからこの研究（iPS細胞）ができた。アメリカ人ならできなかった。彼らは合理的に考えて絶対に成功するはずがないことには、手を出さない。私はともかく何かあるのではないかと、とことん追求し続け、思わぬ発見に至った」と語っておられる。

論理的な理屈はどうであれ、「ここは、こうすべきだ」と感覚とフィーリングで感じる日本人でなければ、できない研究は非常に多い。科学技術は論理的でなければならないと、思い込んでいる人は多いが、それは全く間違った考えである。

科学技術において飛翔した発明発見をするには、論理から離れた思い切った仮説が必要となる。こうなると論理的なアプローチの得意な民族は、その論理性がかえって障害となるが、幸いなことにこの論理性が日本人にはほとんどない。

科学技術ばかりではなく、スポーツの面でもフィーリングは大切と言われている。例えば、平昌オリンピックの金メダリストであるスケートの小平奈緒選手は、成功の秘訣は「靴を通して氷と対話をすることだ」と言っておられた。これも論理的な民族の人たちには理解不能の言葉だろう。

一方、感覚的でフィーリングを大切にする日本人は論理的に考えることは苦手であり、最も論理的と思われる物理学の湯川秀樹先生ですら、日本人は論理的ではないと言われている。こうしたフィーリング型の利点を１００％活用することは非常に重要である。

一方では、論理的な民族性の国民から見て、我が国の民族性が珍しいことには、十分留意すべきである。感覚とフィーリングの我が国は、論理的な側面の存在価値を十分に認識し、それが欠けている民族性の不利な点を意識して、何らかの方法でそれを補填しなければならない。

昔から、「センスのいい人だ」という言葉があった。日本人には何の不思議もないが、他の国の人にとって、これは不思議な言葉である。

「センスのいい人」でなければできない仕事は、たくさんあるはずである。山中先生をはじめとして、センスのいい人はたくさんいる。私たちはこの素晴らしい才能をもっと大切にすべきであり、またそれに誇りを持っていい。

山中先生の「ともかく何かあるのではないか」がセンスである。これを持っている人がゲームに勝つ。「なぜそう思うか」と聞いてもきちんとした返事は返ってこないだろう。

私達の化学の世界であれば、何回も実験し、何回も失敗を重ねるうちに培われてくるセンス。失敗するたびに心が傷つくが、その傷が大きいほど、センスが磨かれる。こうなるとほとんど蒟蒻《こんにゃく》問答だ。

# キリスト教と八百万の神

日本古来の科学技術と西洋の科学技術は、その始まりの考え方がかなり異なっていた。西洋の学問は自然を征服しようとするが、我が国では自然と寄り添うことから始まった。

この二つは全く異なる自然観であるが、その源は宗教観から来ている。

西洋の宗教は基本的にはキリスト教であり、旧約聖書を見ればわかるように、人間は神から地上を支配するように委託されているのだ。有名な「地の支配の話」は創世記にあるが、「神は言われた『我々にかたどり、我々に似せて人を作ろう。そして海の魚、空の鳥、家畜、地の獣、地を這う生き物全てを支配せよ』」と書かれている。

一方、日本では８００万の神がおられると言っている。８００万は『古事記』に記されている神道の神々の数で、実際の数ではなく「たくさんの神々」という意味だそうだ。神道では信仰の対象にそれぞれ神がいるため、神の総数が曖昧になっている。そのため八百万《やおよろず》の神と呼ばれるようになった。長かった縄文時代のアニミズムが残ったとも言われている。

『古事記』では八十神《やそがみ》とも記されている。

いずれにせよ、その根底にあるのは、全てのものには神がいるという考えである。自然は人が支配するのではない。西郷隆盛は幾度となく「天」が全てを造ったと考え、「道は天地自然の物にして、人はこれを行うものなれば、天を敬するを目的とす」と繰り返し述べている。そこから発展する学問は、どちらかといえば、優しい学問と言える。

ヨーロッパのキリスト教の考え方は、自然を征服する科学技術であり、現在話題になっている国連のSDGs（持続可能な開発目標）の目標から見ると、それには必ずしもそぐわないと感じる。どちらかといえば自然に寄り添う東洋風の世界観の方が、はるかにぴったりする。

あるいは、西洋風の考え方は、自然が極めて頑健で無限に見えていた昔の時代の残り香のようなものではないだろうか。自然保護といっても、ヨーロッパ風の自然を「整形美容」する科学ではなく、人が静かな山の懐に抱かれる、自然に寄り添うことを目標にする日本の自然観こそ、日本にはふさわしい。

## 「無理をしない科学」こそすごい

イギリスの田舎に行くと、小さな丘陵が続いたゆったりした風景を楽しむことができる。樹木の茂った日本の風景とは違った味がある。カズオ・イシグロさんの名著『日の名残り』（早川書房）では冒頭にこの景色を描き、それこそイギリスの原風景だと言っている。

我が国で言えば、田舎の千枚田の景色や、里山の風景が日本の原風景だと言えるかもしれない。けれどそれらの風景は人間が征服して作った風景であり、人の手のかからない風景ではない。そう考えると、本当の自然の風景はそんなに多くないが、日本人が最も好むのはこの「人の手に依らない自然」である。

少し実例を挙げてみると、西洋風の科学技術における治山の技術として、大型ダムがあるが、我が国にその手法が入ってきたのは明治維新以後である。江戸時代には、支流を作ったり、不思議な河の堰を作ったりして、じわりと洪水に対応してきた。治山治水は英語では単に洪水調節のみを意味するが、日本語における治水は、洪水調節のほか、土砂災害を防ぐ砂防や山地の森林を保安する治山を含み、適応する範囲の広い用語である。これは典型的な例であるが、似たような自然と寄り添うことをよしとする我が国の事例は大変多いと思われる。

有名なローマクラブ（1972年にレポート「成長の限界」を発表した民間シンクタンク）では、キリスト教由来の人が自然を支配する科学技術から、世界が脱皮することを提案している。これまでの宗教観を180度変え、信徒に被造界と「共に暮らす家」をよく保全するよう励ましている。この宗教観を大変革するという大きな課題は、今後SDGsを世界中に広げる際に、世界的な大きな議論に広がると考えられている。しかし、この考え方は日本人には何の抵抗もなく受け入れることができる。

科学技術の世界では、こうした日本的な自然に寄り添う考え方は、遥かに理解しやすいし、また、発明や発見に向けた成果も大きい。自然に歯向かい、自然を征服しようとする考えでは、自然の摂理を素直に受け入れることが難しく、結果的には自然を利用することもできなくなってしまう。自然を受け入れることで自然の本当の姿が見えてくるのである。

自然と寄り添う科学とは「無理をしない科学」と言えるかもしれない。征服せずにあるがままの自然を受け入れる。「無理をしない」という言葉は、一般の人にはすこしわかりづらいと思うけれど、自然を無理にねじ曲げたり、無理に変形させたりしないという感じである。この感じはセンスのいい科学技術者なら分かってもらえると信じる。

「無理をしない科学」では、結果的に非常に安い値段でその科学技術による製品を作り上げることができるのに対して、「無理をする科学」では大規模な装置や仕組みが必要となる。

また、どちらかといえば、不自然な仕組みを作ることが必要になる。

「無理をしない科学」は、「無理をする科学」に比べて圧倒的に実現することは難しいが、成功すれば見返りは大きい。

## 「フラスコの色が見えないと」

目の前に宝箱があるのに、気付かずに通り過ぎてゆく人が多い。すぐ横にはその箱を開ける鍵も落ちているのに。たくさんの人は、そこには宝箱はないと自分で勝手に決めているのである。

その囚われこそが、発明や発見の障害である。自らが決めた様々なルールや考えに、いつの間にか自分が囚われることこそ一番怖い。なぜなら、その囚われに自分が気づくことはとても難しいからである。

自分で決めた考えは横に置いておき、自然の語る声に素直に耳を傾ける。そして、自然に寄り添い、自然の語る声を聞くことで、セレンディピティ（思いがけないものの発見）を見つける能力が磨かれる。

「放てば手にみてり」は曹洞宗開祖、道元禅師の言葉である。

「一度手を放してごらん。そうすれば、もっと豊かな、真実の宝が両手にあふれるほどやってくるから」という意味であるが、禅宗ばかりでなく、科学技術でも、これは成功への秘訣であり、また、そうすることはとても難しいのである。

私たちの場合は、実験をする際に「こんな論理で反応すれば、きっとこうなるはずだ」と思って試すことが多い。そして、その実験の結果が予想と全く違うことがよく起こる。その際に、実験を始める前に考えたことで頭がいっぱいで、他のことを考えられなくなり、単に実験は失敗だったと結論する。しかし、一度その自分を否定して、まっさらの自分で結果を眺めたとき、突然何が起こったかがわかるときがある。これが発見の鍵で宝箱を開けた瞬間なのだ。

若い頃に「フラスコの色が見えないと、まだ一人前ではない」と言われたことを思い出す。フラスコに色などはない。透明な液体が撹拌されているだけである。しかし、そこに見えない色を見つけ、その色に惚れ込む。これで自然との対話が始まる。

それによって、人は自然と一体となり、自然の教えてくれることを受け入れ、そこに大自然のルールがきちんと存在していることに気づく。これが発明や発見の秘密の鍵である。色がないと言えばその通りであるが、色を自分で考えることで自然との対話が始まるのだ。

これはとても日本的であり、シカゴ大学でアメリカ人にこの話をしても、「先生はおかしくなった」という当惑した顔になるだけだった。日本人なら、かなりの方が頷いてくれる。木と話し合うという「木のお医者さん」も日本にしかいない。内向的で感覚を大切にする日本人ならではである。

こうした体験を通して、自然がいかに偉大なものであるか、いかに精緻な内容を持っているのかが、だんだんとわかってくる。私たち人間の小ささと自然の大きさの実体験は、いつも素晴らしい。

これは研究ばかりではない。人との付き合い方でも同じことだ。何か気に入らない人を目にすると、その人を「こんな人だ」と既成概念の箱の中に入れてしまう。そして二度とその箱を開いてみようとはしない。でも、一度、それを取り去り、まっさらな気持ちでその人と対応すると、今まで全く見えていなかったその人の素晴らしい心が見えてくる。自分で勝手に作る既成概念は私たちの社会との交流を妨げる障害になり、素晴らしい友人を失う。

## 「形から入る」日本独自の伝統

日本文化は説明を嫌う傾向がある。お茶、お花、柔道、剣道、弓道、全てまず形から入ってゆく。なぜこうしなければならないのかという説明は、全て省かれる。何年も経って初めて、その行為の理由がわかってくることが多い。

このように日本文化は、自分で考え、自分でわかることを何よりも大切にする。自分で納得することで、さらにその上の段階に駆け上がることができる。こうした教育の手法は日本文化そのものであり、海外の他の国の人からは奇異に見えるかもしれない。

こんな話がある。昔、東北大学に赴任したドイツの講師が滞在中に日本文化を体得したいと願い、弓道を学び始めた。しかし、弓道の師匠は弓道の「引き」を教えるばかりで、「放れ」は決してさせてもらえなかった。

ドイツへの帰国の時間が迫ってきて、彼は師匠に「放れ」を教えて欲しいと懇願した。師匠は「的を狙うな」と言うばかりだったので、「師匠は目隠しをしても的に当てられるに違いない」と思わず口にした。すると師匠は今夜、夜遅くに道場へいらっしゃいと言われた。その日、夜遅くに道場へ行ってみると、暗闇の中に細長い線香が1本ついているだけだった。師匠が矢を放つと的のど真ん中に命中したそうである。このことによって、彼には「以心伝心」で道の精神が伝わったのである。

彼、オイゲン・ヘリゲルはこの話を本に書いた。『弓と禅』である。この本は日本語にも翻訳されたが、アップル社のスティーブ・ジョブズの生涯の愛読書となったと聞く。

茶道でも同じことである。作法の様々な約束事について一切の説明が省かれている。この説明がないにもかかわらず、お茶を学んでいた人が、数十年後に、ふとその理由に気付くことがあるという。こうして人に教えてもらったことでなく、自分で気づくことは大変に重要だと思う。

この「形から入る」日本文化は日本の科学技術の発展に大きな影響を与えている。すなわち、その場で考えた簡単な説明から自然現象を自分流に解釈するのではなく、まず、自然現象をそのまま受け入れてしまうスタンスを日本では大切にしている。

そうすることで、簡単な説明で陥りやすい〝単純な理解〟を否定し、あくまで自然そのものを正面から見据えようとすることができる。自然の原理に遡ることで、真理に近づくことができる。これによって、新しい発見や発明に結びつくことが非常に多い。この方法で、直近の小さなつまらない成果ではなく、長持ちする本当の大きな成果を得ることができるのだ。

「格に入りて格を出でざる時は狭く、格に入らざる時は邪路に走る。格に入り、格を出でて初めて自在を得べし」という松尾芭蕉の言葉だと言われるものがある。基本形を学んで、再びこの基本形を破ることで真のオリジナリティの創成という次のステップに進めるということを述べている。この場合の「格」は「形」と言ってもいい。

歌舞伎の中村吉右衛門さんが、すこし遅めの開花をしたときに、「先代とそっくりなところが出てきはりましたね」と褒められたそうである。日本の文化では学ぶことは「まねぶ」ことや「写す」ことから始まる。そしてそこからさらに飛翔することで不世出の名人になるのだろう。

## 道元の教えは発明に通じる

道元は禅宗の一つを我が国に伝えた人である。『正法眼蔵《しょうぼうげんぞう》』は、道元が執筆した仏教思想書で、様々な逸話もあり、読んでいて退屈しない。そして、私の大好きなものの考え方が満載されており、若いときから大きな影響を受けた。

例えば、道元が船に乗って中国に行く際、港に停泊中に、年寄りの典座（炊事係）と話をする。そのとき、道元があなたは何歳かと聞くと、今年で61歳と答え、もう何十年も寺で台所の仕事をしていると言う。そこで道元は「炊事係のようなつまらないことで時間を潰すのは惜しいではないか、もっと修行したらどうだ」と言うと、その典座は大いに笑って、「あなたは仏道を全く理解していない」と答えたという。

道元は、山川草木悉皆成仏《さんせんそうもくしつかいじようぶつ》と何度となく言っている。自分の外にある客観的自然の世界は、そのままですでに仏であるということでなく、実はそれは、自分自身を含んで仏になる世界である。従って、この世界を成仏させるには、自分自身でそれを成し遂げてゆかなければならない。仏の家に自分自身を投げいれ、自分自身も含めた世界を受け取ることで悟りに達する。

同時に、それを実現するために、傍観しないで、小さい自分を積み上げてゆく仕事を、心を込めてしなければならない。その小さな仕事の積み重ねが宇宙的世界の中で、計り知れない大きな意味を持ってくる。

したがって、先ほどの炊事係の仕事は、その仕事の一つひとつが仏道を成就する作業だと教えている。

禅寺では、朝の歯磨きや朝食から始まって、一つひとつの日常の所作を大切にするよう何度も繰り返し教えている。なんでもない日常の仕事に全身全霊の気持ちを投じなければならない。

私は「爾今《じこん》」という『正法眼蔵』の中にある言葉が気に入って、何か揮毫《きごう》しなければならない場合には書かせていただく。この言葉は「今を大切にしなければならない」という意味である。今を大切にして、過ごすことこそ生きることだという。教育や研究に至るまで、どうでもいいと手を抜くことはあまり良い生き方ではない。「面倒だからこそ心を込めてやる」という言葉は私には大切な生きる指針である。

また、別の禅の話にはこんなものがある。肉屋に「良い肉をください」と言ったところ、肉屋に叱られ、「悪い肉などない」と言われたという。その生き物にとって、どの肉も生きる上で大切で欠けてはならない肉だというのである。

そして、無駄なことなど、世の中には一切ないと言う。行為に上下をつけるのは、人間の寸法で見るからだと言う。時間にしろ、仕事にしろ、全て上下をつけず、心を込めなければいけないと教えている。

科学技術でも同じで、私は一つひとつの実験がそれぞれ勝負だと思っている。だから、あらかじめちょっとやってみようという〝あやふやな〟態度は大嫌いである。この実験が生涯最後の実験だと思って行わなければ、決して自然は本当のことを教えてくれない。こうした厳粛な気持ちがなければ、大切な発明や発見の機会を簡単に見逃すのである。

また、人は先入観に左右されやすい。そのため、最初の正確な実験こそが大切である。良い実験も悪い実験もないのであり、それぞれが大切な実験だと思うことで研究が始まるのだ。

## 「納得しない自分」を残し続けたら

小学校や中学校から始まって、色々と入門の学問を教えてもらうが、そのほとんどには、なるほどと思う。しかし場合によっては、少し自分の心の中で、納得のいかない感じがするものもあった。そのときには、先生の言うことだから、正しいのだと無理に納得しようとした。そして、いつの間にか、納得しない自分を押さえつけることを覚えた。

大学に入って、こうした納得しない自分を大切にすることが、科学者として、とても大切なことだと段々と分かってきた。講義の際に教えていただいたことでも、心の底からは納得できないときには、自分の心の中に納得しない自分を残すことを覚えた。しかし、１週間もすると、納得しない自分を心に残すことはそれほど易しくないことに気づいた。得体の知れない負担が心にかかるのである。

ある日、尊敬する先生から「化学の基本となるある反応機構の説明が自分では未だに納得できない」と聞き、ハッとした。これが実は、発明発見のためにとても大切なことであった。３時間くらいなら、誰でも納得しない自分の存在を許すが、それが３日、３週間、３カ月、３年となるととても難しくなる。「もし、30年間、この気持ちを温め続けることができたら、ノーベル賞が取れるよ」と言われたが、至言である。

最近、『ネガティブ・ケイパビリティ　答えの出ない事態に耐える力』（朝日選書）という本に出会った。答えの出ない事態に耐える精神力を身につけることを勧める内容である。そして、この負の力を身につければ、人生において大変に有利になるという。

私も、これを身につけることは、新しい研究課題を発見する一つの大きな力になると思う。納得しない自分を持ち続けることは、そんなに簡単ではないが、素晴らしい発見や発明につながる。

私たちは小学校から、たくさんの知識を無理矢理に覚えさせられ、また、試験でそれをそのまま吐き出す訓練を際限なくくり返してきた。与えられた事実を説明することだけを求められている。それも「できるだけ速く速く！」と求められる。早急な問題の説明が要求されるにつれて、最後には問題そのものを易しくしてしまう。

しかし、この世では、わかっていることより、わからないことの方が多い。

古く、江戸時代の藩校では勉強は論語の素読から始まった。何もわからず、ただ声を出すことを要求される。しかし、わからないことを素読することこそが、本当の教育だという。この論語の素読は実は本当に効果的な教育だった。

論語の素読が元になって、剣道、柔道、空手、お茶、お花、と形から入る文化が花開いた。無理に説明を求めないスタンスこそ、内向的な民族には合っている。

現代になって、問題解決だけを学んだ学生は、解答のない問題に対処する訓練がほとんどできていない。研究生活に進んでも、この訓練ができていない学生はいくら賢くても、その後は本当につまらない技術者や研究者になってしまう。

我々はこの潮流を食い止める必要がある。

残念ながら、戦後、日本では江戸時代から戦前まで受け継がれてきた素読に代表される意識的思考を排除する教育がすっかり廃れてしまい、うわべだけで考え、記憶する教育が主流となっている。

しかし、すでに述べたように、日本人は論理的思考には長けていない。無理にこうした論理的思考法を押し付けると、フィーリングもなく、論理的思考もできない中途半端な教授、実業家、政治家が誕生し、我が国の発展を阻害する可能性を私は心配する。

ハーバードで勉強しているときに、生化学の山本尚三《しょうぞう》先生（故人、徳島大学名誉教授）にお会いした。先生は京都大学から博士研究員として、ハーバードに来ておられた。共同研究でお付き合いを始め、そのうちに先生が私に生化学を、私が先生に有機化学を教えるという交互の二人勉強会を始めた。これで、私はその後とても役立つ生化学の入門の知識を個人教授で教えていただいた。

この先生はすこしでも疑問を感じると、「私はわからないのでもっと詳しく教えてください」と質問されるのが口癖である。それに返事をして詳しく説明するうちに、実は自分もそのことを十分には理解していなかったことに気づく。全く、無心に「私はわからない」と言うことがとても大切であるが、普通の学者と言われる人は、その質問をするのを尻込みする傾向がある。

「聞くは一時の恥、聞かぬは一生の恥」は学者と言われる人にこそ大切な言葉で、聞くことによって自分の理解の限界がわかり、それを深掘りすることで、考えられなかった新世界が広がってくる。

# 第４章　ブレイク・スルーのために

## 妙心寺の「構想3年、描画5年」

京都妙心寺の法堂《はっとう》には有名な龍の天井画が描かれている。この龍の天井画は、江戸時代初期の絵師・狩野探幽《かのうたんゆう》が描いたもので、有名な「構想3年、描画5年」のエピソードがある。構想に3年かけたというのである。

これで思い出すことがある。ハーバードの大学院の図書館で私がプロポーザル（提案書）を書いているときに、友人に思わぬことを言われた。すぐに鉛筆を持ってプロポーザルを書き始めると、彼から「とんでもない」と言われたのである。

「プロポーザルは鉛筆を手にする以前に、まず構想を練らなければいけない」

そう助言してくれたのである。アメリカでプロポーザルの洗礼を、子供の頃から永く受け続けてきた彼だからこそ言える言葉と後でわかったが、そのときはよく理解していなかった。

しかし、少なくとも数日は頭の中だけで考えることで、様々な筋書きを構想することができることに気づいた。何度も繰り返し考えて、自分で考える最良のストーリーを選び、その構想の概念図を書いてから、初めて筆を取る。そうすることで、筆を取った後は一瀉千里に書き上げることができる。こうして一気に書いたものを声に出して朗読する。また、数日は寝かして熟成させる。

その後、他の人が書いたプロポーザルを評価するつもりで、いろいろな視点から自分の原稿の書き直しをする。そして、何度も見直しをする。この一連の流れが鉄則である。残念ながら、こうした海外では当たり前のプロセスを身につけている若者が、我が国には非常に少ない。

このプロポーザルの書き方は、財団への申請書はもちろんのこと、講演の筋書きや、様々な発表に通じるし、場合によっては面接への心構えや準備にも使えるはずである。すなわち、自分の考えを人に伝えるときには、必ず守らなければならない共通の鉄則である。一般に内向的な日本人は、聴衆が当然自分と同じ考えを持っていると誤解して、わかってもらうための努力をすることが少ない。

アメリカの著名なジャーナリストである故・ウォルター・リップマンは、「ケネディという人は頭がいい。良すぎて、他人がついて行けないときに、自分が相手のところまで戻って連れてこようとする熱心さが少ない」と述べていた。この「親切さ」こそが、きちんと万人にわかる表現を展開できる鍵であり、それが自分の研究や仕事を助けてくれる。

すなわち、自分の仕事を人は本当に理解しているかどうか、それを人にわからせる能力があるか、また、きちんと聞かれたことに要領良く真正面から答えることができるか。絶対に理解して頂くのだぞ、という気概も必要だ。

## 親友・シャープレスの驚きのプレゼン

内向型の日本社会では、自分以外の他人に自分の考えを伝えることを、あまりに簡単に考えている。また、人が自分とは全く違う人間であることに無関心である。あるいは気付いていない。これは、社会の均質性や民族性から来るのだろう。基本的には人は自分と同じことを考えているという前提で話を始めているのである。

日本語で「やっぱり」という言葉をよく聞くが、この言葉は自分と他人との同一性を何度も再確認する言葉のように感じる。「あなたと私は同じ考えで……」と言外に言っている。アメリカ人のように、自分と他人とは全く違う人間であることを前提としている民族とは根本的に違っている。

一言で言えば、自分の気持ちや感覚を他人に伝えることに日本人はあまり関心がない。しかし、人に自分を認めてもらうためには、丁寧で、しかも説得力のある熱意ある説明を、全力をあげてしなくてはならない。そうでなければ、人はあなたを決して認めない。

親友のシャープレス（バリー・シャープレス、2001年ノーベル化学賞受賞）はまだハーバードの博士研究員のときに、助教授のポジションを探して米国の主要大学に面接に行っていた。そのときに面接した5つの超有名大学からいずれもオファーをもらったと言う。彼に、どうしたらオファーを受けることができるのか尋ねたところ、彼はこう言っていた。

「（様々な先生と面接した際）1時間の面接時間を全て使って、自分がこの大学で何をしたいか、いかに自分がそのアイデアに惚れ込んでいるかを喋り続けた。そして、1時間が終わり、握手して扉を閉めたあとも、扉に向かって自分の抱負を大声で喋り続けた」

これこそが彼の成功の鍵だったのである。そして、その比類のない熱意こそが万人を動かす。

彼の強烈なプレゼンテーションは、研究が有名になった後も続く。講演のスライドは手書きが多く、その走り書きのスライドで熱意を込めて喋る。

なりふりはほとんど気にしない人である。来日した折には、奥様の都合がつかず最初の子供がまだ乳幼児だったため、彼はその子を背負って講演した。最初はびっくりした聴衆であったが、講演が進むにつれて、彼がその子を背負っていることをほとんど感じなくなったという。

シャープレスの別の話も紹介しよう。彼はＭＩＴ（マサチューセッツ工科大学）にいた折に、毎朝ジョギングして、シャワーを浴びてから教授室に向かっていた。ある日、シャワーを浴びているときに素晴らしいアイデアを思いつき、すぐに教授室に飛んで行ったそうであるが、タオル1枚でキャンパスを走ったという。本人が言うのだから嘘ではないだろう。

シャープレスは世界中にファンが山ほどいるという。それは、彼がいささか大袈裟で、過剰で、異様な、だけど心奪われるものを持っていたからである。これは「守破離《しゅはり》」の「離」の世界に入っていたのだろう。

## 「競争に勝つ論文」と「競争を始める論文」

本当に世の中を変えるほどの論文は、「競争に勝つ論文」ではなく、「競争を始める論文」である。

「競争に勝つ論文」を出すのは比較的簡単で、ある程度、知識のある研究者なら、決まったルールで、決まった研究範囲で競争して、頑張れば勝つことはそれほど難しくはない。見える目標を達成するのは、努力だけで済むからである。

一方、「競争を始める論文」、つまり新しい競争の新しい意義や、これまでになかった新しい価値を見出し、それを世界に広め、それに対する答えを促す論文は稀有《けう》だと言ってよい。新しい分野を見出し、それに対する課題を示し、その解決を探すことを提案するのは、そう簡単ではない。すぐには見えない目標を発見することは、とても難しい。長い思考が必要であり、場合によっては血が滲《にじ》むほどの努力が必要になる。

また、研究の分野をしっかりと把握することも大切であるが、もっと大切なのは周辺領域の学問や技術がその分野にどう影響するかを知ることである。それによって、競争を始める方法がわかるときもある。さらに重要なのは、誕生する新しい分野が社会にどのように役立つかを、明確に表現することである。

昨今、発展途上国の論文数が我が国を遥かに凌駕《りょうが》していることを問題視する人は多い。しかし、そうした発展途上の国では、「競争を始める論文」を出すことは非常に難しい。途上国では何よりも「競争を始める論文」を出すだけの、科学技術の土壌が十分にはできておらず、また、「競争に勝つ論文」の数のみに、目が行っているようにも見受けられる場合が多い。

すなわち、途上国には競争にさえ勝てばいいと思っている研究者が非常に多い。そうした国からの「競争に勝つ論文」はあまり怖くない。しかし、早晩、そうした途上国においても、「競争を始める論文」が誕生する時期が必ず来る。我が国はそうした世界を先導する論文が今のようなスピードで発展途上国から発表された場合こそ、総力をあげて、対応しなければならない。

## 和算で尊ばれた課題の提案力

翻って、私の研究分野でも、日本発の「競争を始める論文」は、半世紀前にはほとんど見かけなかった。その頃の日本の論文は、海外の研究者の研究と「競争して勝つ論文」がほとんどであった。

その後、すこし時間がかかったが、「競争を始める論文」が日本にも出始め、それが我が国の今日のノーベル賞の量産につながった。

我が国の科学技術政策は、論文の数の動向だけに左右されることなく、我が国が新分野を開いた論文の大切さにこそもっと目を向けるべきである。そういう論文を褒め讃える社会にしたいものである。

驚いたことに、江戸時代に隆盛を極めた「和算」では、斬新な新コンセプトの課題を含む算額（江戸時代に数学の問題や解答を書いて神社に奉納した額）が何よりも尊ばれていた。課題を提案する方が、課題に対して解答することより大切だと考えられていたのである。

「問いを設けるのは難しい、解くのはそれに次ぐ」という、和算家・久留島義太《よしひろ》（喜内）の言葉は、今日でも研究の本質を突いた重い言葉である。和算は鹽竈《しおがま》算額（宮城県の鹽竈神社に奉納された算額）など、現在でもまだ生きた学問で、ファンも多い。

それでは課題を考えるにはどうしたらいいだろうか。

答えを出すには、集中して考えるほかないだろうと思うが、課題そのものを考案するとなると、集中して考えることは、むしろ妨げとなる。課題を根底から、ひっくり返したり、全く別の視点から考えなければ、新規な考案をすることなどできない。科学技術の新しいプロジェクトの考案も、この競争を始める行為と同じであり、非常に難しいが、こうした「競争を始める研究」が日本に数多く出現しなければ我が国が世界を先導することはできない。

自分自身の経験についてお話ししよう。

私が〝競争を始めた〟研究は「両手の化学」と言っても良い。大工さんは左手で釘を支え、右手でハンマーを持つが、同じことを分子で再現するのはとても難しかった。この「魔法の左手」の役割を果たすのが「ルイス酸」であり、これによって分子の欲しいところをきちんとハンマーで叩くことができるようになった。これまでの、位置を特定できない反応ではなく、きちんと定めた場所で反応を起こすことができるようになったのである。この当たり前のことが私の半世紀にわたる研究成果であり、それが今日の研究テーマであるペプチド合成につながっている。

これらの成果は、ほとんどが偶然に見つかったものばかりで、論理的に考えて発想したものは全くない。それぞれが、これまでの確立された発想をすっかり変えることで、見出されたものばかりである。

## アウトカムとアウトプットは全く違う

教育の成果とは何で測れるのか。

人はどんな知識が得られたら、受けた教育について価値があったと考えるのか。

普通の人なら、その教育で、その後の生き方、ものの考え方、仕事の仕方が変われば、良い教育だったと後から思うだろう。決して、その教育を受けるのに何時間かかったのか、いくら支払ったか、何人の受講者が来ていたかなどで価値は測らない。しかし、教育の現場では、こうした必要のない瑣末な数量的な結果だけをみて、それが成果だと思い込んでいる。これはどこかおかしくないだろうか。

もう何年も前の話だが、アメリカの大学で「講義の成果とはなんだろうか?」という真剣な議論が始まった。昔風の「出席率」や「講義を受けた人数」などは、その講義の成果ではないのではないかと言い出したのだ。真の成果とは、その講義を聞いた後の人生で、教えてもらったことが本当に役に立ったかどうかではないか、と。一時、盛んだった講義が終わった後の学生の評価システムでも、本当の成果はわからないのではないか、ということだ。

そして、講義を受けた学生に長期の追跡調査を行い、数年後、それが役立ったか、その後の生き方にどう使われたかを調べた。驚くほどの時間とお金のかかる判定方法だ。

結果は、直近の数量的判断とは全く異なっていた。

出席率や、すぐに算出できる数字で表せるデータは「アウトプット成果」といい、その後の本当の成果を「アウトカム成果」という。

別の例を挙げよう。道路を作るとする。その道路の「アウトプット成果」は、その道路を作るのにいくら お金が掛かったか、何日かかったか、何人働いたかなどである。「アウトカム成果」は、その後、道路を何人の人が使ったか、どれほどの利益を地域にもたらしたかになる。どちらが大切だろうか。

私たちは、この「アウトプット」と「アウトカム」を取り違えがちである。本質的な成果だけが本当の成果だと言える。日本語では、アウトプットは「効率」、アウトカムは「効果」と言えるかもしれない。この二つを分けて考えることの重要さに気づいて欲しい。「アウトカム」の評価は大変に難しい。しかし、それがなければ、本当に効果的な次の手が打てないのである。我が国は教育や政治などで「アウトカム」が軽んじられているため、事務官の作る膨大で簡単な「アウトプット」を自己評価と名付けており、国民はごまかされている。私たちはたとえ時間がかかっても、成果だけに注目して本来の目標達成を確認する「アウトカム評価」を大切にすべきだ。

問題は、「アウトプット」の成果は短時間で簡単に文書で表現できるが、文書にしにくい「アウトカム」の成果は、見つけることすら大変だということである。

しかし、大きな成果を望むなら、工夫して、どうすれば目に見える形で表現できるかを、必ず考えなければならない。測定の難しい「アウトカム」の評価を我が国に定着させるのは本当に難しいが、本当の結果を見るにはこれしかない。ともすれば、測定しやすい「アウトプット」に流れてゆくのは、事務官にとってその方がはるかに実行しやすいからだろう。

投資の効果をしっかりと成果に結びつけるには「アウトカム評価」しかない。「アウトカム評価」をすることで、その後の大きな実のある展開が期待できる。

## 百年に一人の天才を発掘するには

ハーバード大学の大学院化学教室にいた頃、私が所属していた学年は30人にも満たない人数だった。京都大学大学院にくらべて、10分の1か100分の1以下と圧倒的に人数は少ない。しかし、この中から後に多くのノーベル賞受賞者が出た。構成する一人ひとりが、教官と１対１の長時間の少人数教育を大切にするからだ。

これは、英国のオックスフォード大学やケンブリッジ大学の長年の伝統でもある。学生の一人ひとりが自分の存在に誇りを持って教育を受け、またその環境を楽しむ大学教育こそ、国の明日を作ると思う。「入学定員」が法律用語である我が国では、本当の意味での少人数教育は根付きにくい。教官が必死になって入学定員を満たすために数合わせに努力することは、本当に良い人材を選別するという本来の教育の目的から外れている。

我が国は選択することに慣れていないからだろう。基本的に全員が同じ資質を持っているとすれば、選択する必要はない。これは均質社会の課題と言える。

昔の寺子屋や剣道の修行、また、お寺のお坊さんになる場合でも、実は独自の方法で、フィーリングだけで選択していた。また、その後の教育でも１対１の個人教育が多かった。ところが、いつの間にか、学校の場合にはテストだけで入学する人を決めることになってしまった。この「数字だけで決める」方法は簡単だが、一番面白くない方法である。極限まで公平な社会を作ろうとすると、枠の外にいる本当の尖った才能を捨ててしまっていることになるのだ。

一方で、我が国の学部や大学院の卒業実験のシステムはそれほど悪くない。これはいわば昔の職人教育のような方法で、まさに1対1の個人教育でしっかりと教える。色々と批判があっても、この手法は我が国の国民性には適切だと思う。

先日、中国に行った際に、大昔の「科挙の制度」の試験場を見せて頂いた。約1300年も中国で延々と続いた官僚になるための北京の試験会場だ。非常に小さな家屋がずらりと並んでいる。この小さな家に、一人ずつ受験生が入る。毎朝短い文章の問題が配られる。それに対する答えを1日考えて、長い長い答えを書く。場合によっては、詩を作って答えてもよい。これが何日も続く。

このシステムは素晴らしい。少なくとも暗記力ではなく、数時間に及ぶ思考力を審査の対象にしているからである。この方法は大変に非能率的であるとも言えるが、この非能率的な科挙の選抜の手法が、中国を約1300年もの間支えてきた。今の日本でも、この効率の悪い方法をどこかで取り入れてほしいものだ。効率的とは言い難いが、非常に効果的な人間の選抜方法であるはずだ。

しかし、そのためには前提に、評価者のその分野に対する確固とした人生観が必要であり、また社会全体の公平性第一主義の克服も要求される。

この手法だと、答えは普通の試験とは違い、一人ずつ全く違ってくるだろう。模範解答などは存在しない。そしてそれぞれ全く異なった回答に対して、正当に評価をしなければならない。評価する側には大きな緊張が要求されるだろう。ただしおそらく比較的簡単に、一人、二人の抜群の回答を作り上げた受験者がとても目立つはずである。したがって、これは、一点差を競争する今日の試験とは異なり、圧倒的な秀才を見出すことができるシステムだろう。

この手法はいかにも外向型の中国の手法であり、内向型で公平を尊ぶ集団主義の日本は受け入れがたいものがある。確かに、日本にはむしろ通常の試験の方が合っているかもしれない。ただし、百年に一人の天才を発掘するのならば、科挙の制度の方が明らかに優れている。

## 「これはいいね」に流されてはいけない

スペインにサン・セバスティアンという小さな町がある。バスク地方というスペイン北部の比較的小さな地域の町である。実はバスク地方の言語はスペイン語ではなく、全く言語学的ルーツが不明なバスク語である。人口も20万人足らずの小さな町だが、「食の街」とも言われている。三つ星レストランが3つもある他に、一つ星以上が付近に20近くもある。大好きな街で何度も訪れているが、日本人にとって日本以外で、世界で一番食事を美味しく感じる町ではないだろうか。味付けが濃くなく、また、日本食のように元の食材の味を壊さないような調理法が行き届いている。

一方、サン・セバスティアンは漁港でもあり、大西洋の魚介類が豊富である。日本以外では珍しく、魚の締め方も完璧である。これに近いのは、イタリア南部とギリシャくらいではないだろうか。町の魚屋を見ると、その新鮮さに驚く。うろこに覆われたイワシが並んでいるのに感動するし、日本でもあまり見かけない亀の手まで売っているのに、またびっくりする。こんな遠くの場所に日本食に近い味を愛する民族がいるのはとても素敵なことだと思う。

さて、本題だが、美味しいという感覚は万人に共通だろうか。もしかしたら、かなり人によって感じ方が変わってくるのではないかと思われる。外向型の民族の食事は、食材にソースや香辛料を多く使い、元の味は消してしまう。外向型の自然を征服するスタンスそのものである。内向型の日本料理はできるだけ自然の味をどこまでも生かそうとする。これは自然に寄り添う内向型の民族に対応している。しかし、もちろん料理の本当の美味しさは、どちらの場合にも心がこもっているかどうかが大事だともいう。

サン・セバスティアンの場合、私の知る限り日本の方はみんな美味しいという。素材の味をしっかりと残してくれているからだろう。

極端に不味いものは例外として、「美味しさ」は人によって変わってくる。私は３人のうち１人でも美味しいと感じる場合は「美味しい」と言っていいのかもしれないと思う。例えば、10人のテーブルで３人が「美味しいね」と言うと、他の人はそのまま「美味しいね」と繰り返す（本当はそうは思っていなくても）。

これは味ばかりでなく、人間の五感は、こういう全体の意見に流される傾向があるようである。特に日本人はそうで、しかし、これはとても怖いことでもある。この場合、先に「美味しい」と言い切った人が勝ちになる。

シカゴの超有名なレストランで食事をいただいた折、家内が「まずい」と言い出した。そして、私もそう思った。レストランの20人くらいのお客さんは私たちの意見に反対はしなかったがレストラン全体が凍りついたように静かになった。私たちは、その場でお金を払って出てしまったが、この話をシカゴ大学の昼食のテーブルでしたら、みんなから拍手喝采を浴びた。ほとんどの人が、この超有名レストランを実は不味いと思っていたのである。これは人がいかに他人の評判を気にしているかを示している。

内向的な日本人はこの傾向が世界の中でも強い。思い切って自分を表現できないのは、内向型民族にとっては集団を離れることの恐怖感から来るのである。

実は、科学技術でも同じである。ある程度、多数の研究者が「これはいいね」と言うと、ほとんどの人がそれに追随してしまう。そのために、不必要な分野にたくさんの研究者が向かったり、多くの資金がつぎ込まれるのを見かける。が、数年経つと、さすがにほとんどの人がその分野を見限って、そっと離れてゆく。

私はこれまで、こうした過渡的に繁栄しては、消滅する研究分野を何度も見てきた。その大抵の場合には、科学的な裏打ちが十分でなく、夢のようなポピュリズムに踊らされていたように思う。結果的に見て、これは科学技術の発展においては大変大きな損失になる。

## 「計画通り」はブレイク・スルーを阻む

内向的な日本社会は、そのことによる利点も多いが、社会の発展の障害となる側面もある。内向型集団の社会では、外界に対する不安から、全てに完璧な計画を立てて不安感を解消する傾向がある。極端な場合には、接待でも計画通り進むことが重要で、客が喜ぶかどうかは二の次になる。

例えば、米国の旅行社では、最初の数日しか予定を組まないことがある。理由を聞くと、参加者の顔を見ないと、本当に楽しい旅行計画は立てられないはずだという。日本のように最後の瞬間まで、分刻みで予定を立てる方法とは全く異なっている。アメリカでは極端な場合には、1～2週間の旅行で最初の2日間くらいしかプランを作らない場合もある。すなわち、日本社会は基本的にはリスク・フリーを目指していると言って良く、それが極端になると、全てを計画通りに進めることだけに専念しすぎることが起こるのである。そして、それが様々な負の側面を生み出す。例えば事務官はリスクを防ぐため、自己裁量の範囲を狭めてゆく。全て決めた通りに運ぶことができるなら、自己裁量は必要ない。本当に機械のような我が国の事務官を見ていると、つくづく米国との違いに感動するほどである。

本来、事務官が自己裁量で調節しなければならないのにもかかわらず、所定の計画に沿うことに重きを置く。そのために大変な迷惑を被る人は多い。こうして我が国の大学教員に、不要不急の誰も見ない書類作り等の事務処理がどんどん増えてくる現象はいかがなものかと思う。

残念なことに、自己裁量の小さな、また権限委譲のすくない日本社会（文部科学省等の監督官庁や大学の事務組織、その他の研究機関）は必然的に大量の不要不急の事務業務を研究者に押しつけているのが現状である。

例えば、ほとんど読まれることがないにもかかわらず、毎年のように要求される膨大な自己点検資料の作成等は、官僚組織に満足感を与えるかもしれないが、大学の研究の成果には何の貢献もしない。こうした無駄な事務雑用が研究者を圧迫し、場合によっては殺してしまう。

しかし、もっと大きな問題は、研究についても緻密な計画を立てすぎることである。計画と研究はお互いに反対の極にあると言って良い。企業で2年や3年の短期の研究計画をわざわざ立てているのを見ると、その企業は基本的には大きなブレイク・スルーは望んでいないのではないかと思ってしまう。大きなブレイク・スルーはともすれば、計画を大きく逸脱するからである。あるいは、考えてもみなかった、とんでもない方向に研究が進むのである。

研究には日本型の細かな実施計画は似つかわしくない。それにもかかわらず、研究費の使用等においては詳細な計画案を要求され、結果的には嘘ばかり書いてしまう。できればこうした悪循環は終わりにしたいものである。

計画の外で生まれる期待を超えた創造性の発現を心から褒める社会を作りたいものである。機械になったように行動しなければ作成できない事務作業は、時間だけでなく、その度に研究者の独創性を知らぬ間に削いでゆく。

## 日米で違う研究費申請の書き方

シカゴ大学で有名な事務官と面会したときの話である。

彼女はシカゴ大学の研究担当総長の下で主に会計事務の統括をしていた敏腕で有名な人である。いろいろと参考になるお話を伺った後で、私が「それでは貴女にとって、シカゴ大学での一番大切な仕事は何でしょうか」と質問した。すると彼女はしばらく考えてから「私の一番大切な仕事は、政府や財団から来る様々な事務資料作成要求を私のところで全て食い止め、下流の先生方のところに流さないようにすることです」と言われて、本当に心から感動した。これこそが大学事務官の気概ではないだろうか。

米国で研究費の申請に苦労した話は後に述べるが、後で考えると米国と日本とでは、研究費の申請の書き方が全く異なっているのである。我が国での申請には、それまで自分が成果を上げてきたことを中心に書いた。場合によっては大半がこの昔話になる。

しかし米国では以前の研究成果などは10％くらいに抑え、90％はこれから何をやりたいかを書く。日本では将来に行う計画でも、ある程度、目処がついたものを書くが、米国では読んでいてワクワクするような未来への夢を書かなければならない。

実証可能な将来計画（内向型）と、とても実証がすぐにはできないけれど、万人が心躍らせる計画（外向型）とはかなり違う。

そして、研究を進めるには米国流の方がいい。成功率は低くても成功した際の成果は遥かに大きいからである。これはアウトカム（成果を出す）の素晴らしい手法だろう。

同じように日本の国会の質疑を聞いていると、これも内向的な民族の特徴が出ていると思う。事務官が作ったアウトプットの膨大な資料を読んでいる。どう見ても、あれが「質疑応答」とは考えられない。外向型の民族の議事はほとんど言い合いになっているのに、日本ではヤジは入っても、やりとりは全て書面のまま紳士的に進んでいる。

しかし、これなら何もわざわざ国会でやる必要はないのに、と思ってしまう。アウトカムの質疑応答にならないものか。

# 第5章　創造性の履歴書

# 最初に出会った創造性の授業

私は神戸に生まれ芦屋で育った。芦屋の山手小学校という、阪急沿線から見上げる山の上の学校。周りは山が多く、自然がいっぱいで、本当に伸び伸びと毎日を楽しんでいた。一番の思い出は小学校4年生のとき、担任の新皁正義《におかまさよし》先生のことである。新皁先生は私達に、自分で課題を考え、答えを書いて毎朝持ってきなさい、という宿題をくださった。

そこで私は大好きな理科の題材で「自分で考えて、自分で答える宿題」を1年間、毎日書いて持っていった。その後、これはそれまでの「正解を求める宿題」とは違うことに気づいた。これが私の学者人生の最初に出会った創造性育成の教育だった。

ある日、どうしてもモーターを作りたくなって、缶詰のブリキを使い、爪楊枝とエナメル線だけで、乾電池で回るモーターを作って、意気揚々と学校に持っていった。それに花丸をいただいたうれしい思い出がある。

また、一方では机に座っているのが嫌いで、学校から帰ると自宅近くの山に行っては、夕食までずっと山の中で遊んでいた。茱萸《ぐみ》や山桃を食べたり、様々な昆虫採集に明け暮れていた。

あるいはテルミット反応（アルミニウムが酸化鉄を還元して単体鉄が生成され大きな熱を出す）の詳細を本で見つけ、自分で短い鉄管にアルミの粉と硫黄の粉末（どちらも近所の薬局で買うことができた！　小学生が！）を混ぜて装填し、ロケットを作った。ベンジンで点火すると、見えなくなるほど遠くまで飛んで行った。信じられないような危険な遊びをしていたが、誰も何も言わなかったのは山の中だったからだろう。

私は小学校を卒業して、灘中学校（灘中）に入学した。入学した私を待っていたのは、写真のような記憶力を持った同級生達である。自分の記憶力が彼らと比べてはるかに劣っていることを思い知らされ、劣等感の日々が続いた。

例えば友人の一人は、英語の教科書をテストの前日に1～2時間眺めるだけで、ほとんど完全に暗記できると言っていた。悔しいけれど、これでは勝負にならない。いつしか、私は競争する気持ちが完全になくなり、好きな科目以外はほとんど勉強しなくなった。

その頃は、数学の授業は幾何《きか》と代数に分かれていた。私は幾何は大好きだったが、代数は大嫌い。最初の中間テストで幾何は満点でクラストップだったが、代数は13点でクラスでビリだったので珍しがられた。

しかし、私にとっては、代数と幾何はとても同じ数学だとは思えなかった。私には幾何がとても美しく、そしてのびのびと、様々な独自の美しい解答を考えることができるのに対して、代数は答えがたった一つで、無理やりその答えにたどり着くよう教えられている気がして、面白くなかった。そんな好き嫌いに任せていたので、成績は惨憺たるものだった。

## 隣のかっこいいおじさん

その頃から、私は100坪ほどの六麓荘（兵庫県芦屋市）の自宅の裏庭を自分で耕し、たくさんの花を植えて楽しむようになった。バラも30本くらい植えて、バラ会に入会していた。また、手に入る様々な花を栽培してその美しさを楽しんでいた。今でも双葉の形を見ただけで、どの花に育つのかを言えるくらいである。当時は京都の種苗店のカタログが私のお気に入りのバイブルだった。

私の家の隣に、とても格好のいいおじさんがいた。彼は日曜日になると、俳画を描いたり、俳句を作って楽しんでいた。私が育てた花を持っていくと、大変喜んでくれ、時折、おじさんが自分で描いた俳画をくださった。

親しくしていただいているうちに、自宅の２階の標本室を見せてくれた。とても大きな部屋にぎっしりと様々な蝶の標本箱が並んでいる。昆虫採集は、彼の趣味の一つであった。

さらにある日には揮毫したからと、論語の一句を書いた色紙をいただいた。筆跡の素晴らしさと同時に、署名の隣の不思議なハンコに目が行った。そこで初めて、彼の趣味が玄人はだしの篆刻《てんこく》だったことがわかった。

またある日、中国に行ったお土産にと、分厚い旅行記をいただいた。びっくりしたのが全部漢文で書いてあったことだ。私は「教養人」という独特の人種が世の中に生息していることをそのとき知った。

そのおじさんは当時大阪大学の医学部の外科部長であったが、その後、新設された東京の「国立がんセンター」の初代総長になられ、東京に行ってしまわれた。とても美しい娘さんがおられたので、余計印象が強かったが、後に『白い巨塔』（新潮文庫）の東教授とその娘さんのモデルになった人達と教えられた。

先の章でも少し述べたが、こんなかっこいい教授は、今の大学にはほとんど見かけない。後ろ姿がカッコよく、おしゃれで、人間としての奥行きある、大きな先生だった。そんなタイプの先生が最近では大学から消えてしまったのが、とても残念だ。

勉強をしないのでとても暇だった私は、「ツケ」で書店で本を購入できたので、気に入った本を買っては読みふけった。1カ月で100冊近く買って、さすがに親から小言を言われたときもあった。おかげで、高校を卒業するまでに、びっくりするくらいたくさんの本を手当たり次第に読むことができた。

一人の作者が好きになると、その人の書いた本を手に入る限り買って読むのが好きだった。少し挙げるだけでも、トルストイ、ドストエフスキー、デュマ・フィス、スタンダール、ヘルマン・ヘッセ、ゲーテ、夏目漱石、山本周五郎、藤沢周平、江戸川乱歩等々。とても偏っているが、おかげでそれなりの教養を身につけることができ、今も両親に大変感謝している。

「本をたくさん読むことは経験をたくさん積むことと同じで、それは後の人生の免疫になることだ」と言われた人がいた。そう考えると、この時期は私にとって大切な時間だったのかもしれない。しかし、これくらい同じ作者の本を読むと、その作家の書きたいことや、文体、好き嫌いまでわかってくる。それが自分では楽しかった。

その頃、近くの夙川に住んでおられた村上春樹さんも私と同じで「ツケ」で本を買っていたとお聞きして、とても親近感が湧いた。

## 『銀の匙』と個性の強い灘の先生

灘中の橋本武先生（故人）は国語の先生で、中学から高校まで６年間教えて頂いた。私は国語はあまり好きではなかったが、その講義はとても印象的である。

中勘助さんの『銀の匙』という岩波の星（★）一つ（定価を表す）の短い本だけを、中学の３年間かけて教えてくれた。この本は、中勘助独特の文体で短い章での短い話が織りなす、主人公が少しずつ育ってゆく話である。

学期ごとに1冊の解説本を先生は作る。数十ページくらいの副読本。授業では『銀の匙』の一つの章のタイトルをつけることから始まり、ちょっとした言葉にも丁寧に説明をいただいた。例えば、「七福神」という言葉を使い、1週間はその話題だけで終わる。おかげで、そこらの年寄りより、はるかに昔のことを知っている変な私たちが生まれた。七福神の歴史から始まり、どんな話題が飛び出てくるか、玉手箱のようでとても楽しみである。そのせいか、大正時代の日々の暮らしや、子供たちの遊びなどにも変に詳しくなった。

先生が中勘助の詩を朗読し、その美しさに感動したこともあった。百人一首を全部覚えさせられ、カルタ取りまでやった。進学校と言われる「灘」とは全く違った雰囲気である。

京都に遠足となると大変で、行き先の寺院や神社、そのほかに関連する様々な文学に関することまで、1~2週間で不必要なくらい徹底的に教えてもらう。その後、大学生になったとき、ガールフレンドを京都に案内して私は自分の博学ぶりに鼻高々だった。

他に、先生にはとても感謝していることがある。ツケで本を読みまくって全く勉強しない私を母が心配し、先生にこっそり相談に行ったそうだ。そのとき、先生は「そっと見守ってあげましょう。本をよく読むことはきっと彼の成長に素晴らしい肥やしになりますよ。成績などはあまり心配しないことです」と言われたと後で聞いた。その後、両親は私の成績のことでは一言も言わなかった。

灘高には、他にもユニークな先生がとても多かった。例えば担任の数学の先生は狂言が大好きで、講義の時間が余ると狂言の一節を聞かせてくれた。あとでお聞きするとその分野でも有名だったとか。私たちはいつの間にか先生のファンになっていた。

先生の宿題も楽しいもので、中学1年の夏休みの宿題は「ピタゴラスの定理を証明しなさい」である。ただし、「教科書や参考書に書いていない方法で証明しなさい」と言われる。これが大変。これまでの主だった証明の方法を調べないといけなくて、そこに自分自身の証明を加える。夏休みが終わると１５０人の生徒のうち80人くらいは全く新しい証明法だった。先生はそれを集めて本にして皆に配ってくれた。本当に楽しかった。

化学の先生は阪大の教授だった。アルバイトで灘に来ておられたが、大学での研究の話など、聞いていて飽きなかった。様々な最先端のトピックスが満載だったのだ。私は先生の話をもっと聞きたくて、神戸のご自宅に押しかけていって、よくお話を伺った。

ある日、先生の講義のときにクラスがとても騒がしかったのが気に入らなかった先生は、「君たちが僕の話を聞かないなら、僕はこの後の授業の時間はドイツ語で講義する」と言われ、本当にそうされた。教室は一気に静かになった。

また、有名な数学の先生は、宿題に出したある問題をクラスの誰も解けなかったとお怒りになり、皆を並ばして50人全員の頬を平手打ちした。痛かった。でも、私はすごい体力だと思った。

そのほか、歴史は昔風に東洋史と西洋史に分かれていて、別の先生に教えていただいた。物理の内容は大学並みのレベルだった。

灘中と灘高では才能のある友人に恵まれた。その後、京都大学でも、ハーバードの大学院でもこれほどの才能ある集団は見たことがなかった。中学の3年のときに、親友が面白そうだと旺文社の大学入試模擬試験を受けて、数万人の受験者の中で40番くらいだったのを思い出す。競争ということから、一歩引いた私の人生の始まりである。

## 「ゲームに勝つ方法」で京都大学へ

嫌いな科目をほとんど勉強しなかった私は、園芸と読書以外の余った時間は学校の化学クラブに入り、化学実験室で大好きな様々の実験をしていた。自分で考えて、例えばサッカリン（白色の結晶。蔗糖の約５００倍の甘さがある）の全合成などをしていた。

また、花火や火山を作ったり、手を燃やす実験をしたり（手が熱いわけではありません）、奔放にしたい放題させていただいた。

そんなことをしながら６年経って、科目の好き嫌いが度を過ぎて満遍なく勉強しなかったせいか、大学入試は見事に失敗した。気に入った科目ではクラスでも目立つほど結構良い成績だったのだろうか、私の入試失敗で高校の友人たちに激震が走ったそうである。私は級友に、「これで日本の化学は1年遅れる」と、負け惜しみを言っていた。

しかし、私はどうしても京都大学の野崎一《ひとし》先生（故人、京都大学名誉教授）の研究室に入りたかったので、京大以外、他の大学への入学など考えることができなかった。そしてこれが、私の人生最初の挫折となった。

親は芦屋の自宅で浪人生活をすることは潔くないと許してくれず、「京都大学にゆくつもりなら、京大の近くに下宿しろ」という。そこで、京大の壁のすぐ近くに面した下宿を探した。そこから1年間京都烏丸の近畿予備校に通った。

予備校に通う道で、毎朝のように、たくさんの京大に入学した灘高卒の同級生と出会うのも試練である。歩く方向が違うので、真正面から会うことになる。最初の数日は「おはよう」と笑顔であいさつしたが、毎朝となるとさすがに顔が引きつってくる。心底、悔しい思いの1年だったが、反面、負けるものかと自分を叱咤激励する1年でもあった。今から思うと私にはとても大切な1年だった。

一方では、大学入試など本当の勉強ではなく、単なるゲームだと思っていた。1年間、この「ゲームに勝つ方法」だけを自分で考え、独特の練習を積んだ。おかげで、翌1963（昭和38）年は首席で京大に入学できた（今でもこの私の独特の受験勉強の手法は、大学の入学試験には役に立つ）。

合格発表の日、すぐにその足で野崎先生の御自宅を訪ね、「入学できたので、先生の研究室に入れてください」とお願いして、大笑いされてしまった。教養学部で私にとっての「余分の勉強」など、したくなかっただけだが……。

# 「絶対にハーバードに行くぞ！」

京都大学の学生になった私は4年生になると、ようやく夢に見た野崎研究室に配属された。そのとき、私が1年間過ごす実験室におられたのが、のちにノーベル賞を取る新進気鋭の野依良治《のよりりょうじ》先生である。まだ30歳前の先生であったため、先生というよりは野依さんと呼ばせていただいていた。しかし、先生の化学に対するもの凄いスタンスを見て、色々な意味で凄い先生だとすぐわかった。

野依先生は、「麻雀より易しいのが化学だ」と言われていたが、どんな結果にも決して妥協せず、満足するまでとことん議論するのが小気味良く、私は勝手に気に入っていた。研究室で当時流行が始まったインスタント・コーヒーを飲んでいたら、野依先生に「インスタントのコーヒーなど飲んでいたら、インスタントのアイデアしかでないぞ」と叱られたのも、大切な思い出である。

そして「その日」が始まった。その日の朝、論文のコピーを手に持って野依先生が興奮して先輩と話しておられた。ハーバードのウッドワード先生（ロバート・バーンズ・ウッドワード、故人、1965年ノーベル化学賞受賞）の連続論文が当時の化学のトップ雑誌であるアメリカ化学会誌（JACS）に掲載されたのである。

私にはまだ少し難しかったが、その凄さには感動した。そして、その凄い論文を発表したのが、米国のハーバード大学であったのがショックだった。私は世界一の化学を目指して京大に来たのに！　と、少し裏切られた気持ちがした。

その週末に、自分は絶対にハーバードに行くぞ！　と決心した。芦屋の自宅に帰って、父親に遺産の前払いをしてもらえないかと交渉し、100万円を約束してもらった。結果的にはそのお金は使わずにすんだが、少なくとも安心料になった。

それからが戦いだった。まず、野崎先生や野依先生に私の希望を説明した。残念なことに、お二人とも大反対。「リスクが多すぎる」という。「修士号や博士号を取ってからでもいいのではないか」とも言われた。「君は京都大学大学院の特別奨学生になって、資金的にも国からの援助が頂ける」と。

しかし、私は頑固にすぐに行きたいという自分を貫いた。そして、ハーバード大学をはじめとして、プリンストン、エール、スタンフォード、バークレイ等の大学院入学願書を取りよせ、一人で入学のための申請書類を書き上げた。推薦状がいるとのことで、私は自分で自分の推薦状を３通も書き上げた。文体を変えるためお隣の大阪大学文学部英文科の娘さんにお願いして筆を入れてもらった。

また、領事館で英語のテストや面接を受けた。驚いたことに願書を出した全ての大学から入学許可の通知が来て、おまけに本命のハーバードからは奨学生に受かったという手紙もいただいた。さらには難しいと思っていたフルブライト奨学生にも合格した。これで、アメリカへの旅費や健康保険料がいただける。

そして、秋のハーバード入学に備えて、神戸で英会話の３カ月集中クラスに入った。ちなみに英語はあまり好きでなかった（実は大嫌いだった！）ので、少し不安は残っていた。

# ハーバード大学院での洗礼

ハーバード大学に出発する日が来た。両親が羽田まで見送りに来てくれた。当時、個人のアメリカ留学はまだ珍しかった。パン・アメリカンの飛行機に乗り込み、狭いシートで、びっくりするくらい太ったおばさん二人に挟まれての窮屈なフライトが始まった。

長時間のフライトの後、ロサンジェルスで乗り継ぎに遅れそうになって、20キロの荷物を持って走ったことや、到着したボストンの抜けるような青空を覚えている。その頃の限度額だった500ドルを握ってのアメリカ生活。学生寮に入るまで、ＹＭＣＡの簡易ホテルに入り、数日を過ごした。英語はあまり得意でなかったので心配していたが、なんとか通じてホッとした。

１９６７（昭和42）年、初めて見るハーバード大学のキャンパスは公園のようでとても美しく、ゲートを通ってキャンパスの中に入ってもいいのかなと躊躇するほど。どうにか化学教室にたどり着いたところ、すぐにウェルカム・パーティーがあると聞き、びっくりした。こんな形で歓迎してもらえることは、予想していなかった。

パーティーでは、同級生がわずか二十余名で、その数が少ないのにまたびっくりした。数日後、教授たちを紹介するからと言われ、ウッドワード先生の教授室の木製の重い扉をノックした。ドアを開けるとハーバードの大先生たちがずらりと並んでおられ、学生は私一人。先生と握手して回った後、ウッドワード先生が「ハーバードに歓迎する」と言われ、続いて「ハーバードで何を勉強したいか」と聞かれた。私の横でウッドワード大先生の秘書が私の下手な英語を速記していた。

なんとか無事済んで部屋を出たときには、大きなため息である。それまでの京大では、自分は50人のクラスメートの一人であったが、ハーバードには一人前の一人の人間として迎えていただいた気がした。

そして、翌日には入学生全員の化学のレベルを確認するために４科目のテストがあると知らされた。こんなことならあらかじめ勉強しておいたのに、と後悔するが手遅れ。そのテストはとても難しく感じ、数日して結果が分かったが、なんと４科目とも全て落第。成績はＡからＦまであって、オールＦだった。そして「その結果を持って、ウッドワード先生のところに来なさい」と言われた。

恐る恐るノックすると、先生が「この成績だとハーバードで勉強するのは難しい、できれば日本に帰ったら」と言われた。私は必死になって「何とか置いて欲しい」と懇願した。先生には「それでは大学院の4科目を登録して、半年で全部B＋以上の成績なら大学院生でいて良い」と譲歩していただいた。米国では、1学期で一度に4科目しか取れないが、それぞれの科目で週に2〜3回の講義があったので結構な分量。今になって振り返ると、その頃の日本の大学の教育レベルは、科目数ばかり無駄に多く、本当に重要な数科目のレベルはとても低かった。

## コーリー研究室と野依先生

ハーバードの大学寮は快適で、毎日の食事も美味しかった。
しかし目前の「B＋以上」は大変な壁。何しろ、せっかく勉強した英語は日常会話では

論理的な説明がなければ実験しないと言われたコーリー先生。
ノーベル賞をのちに取られる

何とか通じる一方、講義は聞き取りが難しかった。仕方ないので、毎日図書室へ行っては講義内容に沿って元文献を読み漁って補填を続けた。1日に2～3時間しか眠れず、生涯でこれほど勉強した時期はなかった。そのおかげで、半年後全ての科目で合格することができた。

その足で、コーリー先生の教授室の扉を叩き、グループに入れくださいとお願いしたところ、5分後には実験を始めるように言われた。アメリカでの実験生活が始まった。

コーリー研究室では、最初は豚の肝臓のミクロソーム（動物組織から得られる顆粒の成分）からの酵素で、ステロイドの合成を研究していた。屠殺場へ行って、びっくりするくらい大きな豚の肝臓をこれも巨大なバケツに入れて持って帰り、潰して酵素を採取することから始まる。

しばらくたって、先生が少しプロジェクトを変えてみようと言われ、豚ではなく、新鮮なネズミを使えと言われた。死後数分以内の新鮮な肝臓でなければならないので、大きな裁ち鋏《ばさみ》で首を切って、すぐに肝臓を取り出せと言われる。震える手で切ったが、手が滑ったのか、そのネズミが出血しながら部屋中を走り回り、後始末に1日かかった。

先生に、もうこれは勘弁してくださいとお願いした。すると今度はゴキブリの性ホルモンにテーマを変えると言われる。私はゴキブリが世界中で一番嫌いな生き物だったが、先生に連れられて、しぶしぶハーバードの生物教室の先生の実験室に行った。大きな研究室に、薄い引き出しの棚が数百段、その中に山ほどのゴキブリ。マダガスカルコックローチという10センチ以上ある巨大なゴキブリが、気のせいか私の指を噛んだ。先生にお願いして、生き物はやめてもらい、その後は純粋に化学だけのプロジェクトにしていただき、本当にほっとした。

その後、コーリー研究室での研究は順調に進展し、3年半で13報のアメリカ化学会誌の

郵便はがき

1 0 0 - 8 0 7 7

63円切手を
お貼りください

東京都千代田区大手町1−7−2

産経新聞出版　行

| | |
|---|---|
| お名前《フリガナ》 | |
| 性別　男・女 | 年齢　10代 20代 30代 40代 50代 60代 70代 80代以上 |
| ご住所 〒<br>( TEL. ) | |
| ご職業　1.会社員・公務員・団体職員　2.会社役員　3.アルバイト・パート<br>4.農工商自営業　5.自由業　6.主婦　7.学生　8.無職<br>9.その他(　　　　　) | |
| ・定期購読新聞<br>・よく読む雑誌 | |
| 読みたい本の著者やテーマがありましたら、お書きください | |

書名　**日本人は論理的でなくていい**

このたびは産経新聞出版の出版物をお買い求めいただき、ありがとうございました。今後の参考にするために以下の質問にお答えいただければ幸いです。抽選で図書券をさしあげます。

●本書を何でお知りになりましたか？

□紹介記事や書評を読んで・・・新聞・雑誌・インターネット・テレビ

媒体名（　　　　　　　　　　　　）

□宣伝を見て・・・新聞・雑誌・弊社出版案内・その他（　　　　）

媒体名（　　　　　　　　　　　　）

□知人からのすすめで　□店頭で見て

□インターネットなどの書籍検索を通じて

●お買い求めの動機をおきかせください

□著者のファンだから　□作品のジャンルに興味がある

□装丁がよかった　□タイトルがよかった

その他（　　　　　　　　　　　　）

●購入書店名

●ご意見・ご感想がありましたらお聞かせください

（ご回答いただいたご意見・ご感想は広告等で使用させていただく場合があります。）

野依良治先生。「研究は瑞々しく」は先生の座右の銘である

論文を発表することができた。この論文数は当時コーリー研でのずば抜けた記録である。

それもあってか、コーリー先生はとても私のことを信頼してくれ、先生がヨーロッパなどに講演で出張するときなどには、必ず私にだけお土産を買ってきてくれたりしたので、グループの学生や博士研究員からお前は「ブルー・アイ」だと言われていた。もちろん目が青いのではなく、英語では「先生のお気に入り」に対してそういう言い方をするそうである。

そして、１年余り経った頃、野依先生が博士研究員としてコーリー研に来られた。助手だった野依先生は京都大学から名古屋大学に教授として招聘されており、その赴任前にアメリカを体験するために1年間ハーバードにこられたのだ。私は幸運にも野依先生から直接様々なことを学ぶ機会に恵まれた。

野依先生のほかにも、当時の我が国を代表する新進気鋭の先生方がコーリー研にたくさんおられた。日本を支える多くの化学者とこの時期に親しくなれたことは、その後の私にとってかけがえのない貴重な宝物となった。

そして、3年半の時間が矢のようにすぎた。コーリー先生に「そろそろ博士号をください」とお願いしたところ、「特に反対する理由はないね」が先生のお答えで、あとは論文を書くばかり。インド人の友達に英語を見てもらいながら書きあげた。卒業後はコーリー研に留まって研究室の博士研究員を束ねる役をするようコーリー先生に勧められたが、私は日本に帰りたいといって、どうにか先生に推薦状を書いていただいた。

## 憧れだった東レ基礎研から京大へ

そうして１９７１（昭和46）年、憧れだった鎌倉の東レ基礎研究所に就職した。ここには有名な大野雅二《まさじ》先生（東京大学名誉教授）や辻二郎先生（東京工業大学名誉教授）がおられた。広々した素晴らしいキャンパスと日本離れした実験室を楽しめた。

しかし、不幸なことに、入社後すぐにオイルショックの予兆が日本を襲った。東レでも研究しにくくなり、京大の野崎先生に助けて欲しいとお電話したら、「京大に帰って来い」と即座に言われた。

京都に行ってみると、「待っていたよ」と文字通り助手の席を空けて待っていただいていた。私は生意気にも野崎先生に、大学の研究職になる以上、できるだけ若くして独立したいので、「5年経ったらクビにしてください」とお願いした。5年後には必ず独立ポジションを獲得できると思っていた。野崎先生に、それでいいからと言われて助手になった。１９７２（昭和47）年のことだ。

助手になってびっくりしたのは研究費の貧しさである。7人の学生を引き受けたが、「1人毎月1000円でやってくれ」と言われて本当に困った。アメリカで無制限のお金の使い方に慣れていた私にはとても無理。その頃の自分の給料をほとんどつぎ込んで仕事をしたが、するとすぐに生活が難しくなった。

そこでアメリカのコーリー先生にお電話したところ、当時コーリー先生がコンサルタントをされていた小野薬品のコンサルタントになれと言われた。コーリー先生の口ききで小野薬品にお願いしてコンサルタントにしていただいたので、毎月のコンサルタントの結果、お金が入り、それで研究を思い切って展開できた。

大学からいただいていた金額の10倍以上を平気で使うという、今から考えても助手としては信じられないほど潤沢な資金で、成果も目覚ましかったと思う。しかも、若くしてコンサルタントになったおかげで、コンサルタントになるにはどうすればいいかが、いつしか身についた。そのことが、その後の私の研究生活を物心両面で助けてくれた。

5年間はあっという間に終わり、野崎先生に約束通り辞めますとお話ししたところ、先生は辞めないで講師になれと言われた。それで講師にしていただいたが、やはり、自分で決めたことは責任を持って貫きたく、京大を辞職した。

# ハワイ大学での3年間

どこかの大学が拾ってくれると甘く考えていたが、期待していたオファーは文字通り皆無。当時30歳そこそこで、独立研究ポジションなど日本には全くなかった。日本中を「どさ回り」して探したが、採用してくれる大学は皆無。しばらくは職の無い不安定な生活である。

仕方がないので、今度もコーリー先生にお願いしたところ、ハワイ大学をご紹介頂いた。「お前は日本にまた帰りたいというかもしれないから、日本とアメリカの中間にある大学にしろ」とのよくわからない理由である。こうして1977（昭和52）年9月から、ハワイ大学の生活が始まった。

一年中、毎日摂氏25度くらいの爽やかな気候で心地よく、素晴らしいブルーの海がある、本当に快適な生活だ。今考えると、もう少しハワイを楽しんだらよかったと思うが、毎日実験に明け暮れる日が続いた。

しかし、しばらく暮らしているうちに気がついたのは、時間が矢のように流れてゆくということである。気候が一年中同じだと、そうなるのだろうと思うものの、正直なところ愕然とした。時間が矢のように経過するので、浦島太郎になったよう。若いときの大切な時間が矢のように流れる、この時間のスピードが速いのは恐ろしかった。

それでもハワイで〝そこそこ〟いい研究をしたせいか、幸いなことに2年ほどすると、様々な大学から一斉にお呼びがかかった。コロンビア大学、コーネル大学、カリフォルニア大学のバークレイ校、日本からは東北大学、大阪大学、名古屋大学など。

赴任までに1年ほどの余裕があったので、給料を全部使って、ハワイのセントルイスハイツというダイヤモンドヘッドやホノルルの街が一望できる家を1年借りた。300坪以上の素晴らしい広さでベッドルームは余裕があり、生涯で一度の快適な生活を楽しめた。

格安で借りたので、庭の手入れだけはやって欲しいという条件があった。子供の頃、園芸を楽しんでいたので、二つ返事で了解した。しかし、ホノルルという安定した気候で、夕方だけ1時間ほどシャワーのような夕立があるのは、植物にとっては素晴らしい生育条件である。植物はびっくりするくらい早く成長する。毎週の庭木の剪定や芝生の手入れなどでは、そのゴミがあの巨大なアメリカのポリ袋3～4袋にもなり、毎週へとへとになってしまった。庭の手入れを甘く見ていた。

もう一つ、ハワイを離れようと思ったのは、ゴキブリである。以前から、結構たくさんいるなと不審に思っていたのだが、ある夜、遅く家に帰ってきたとき、家の前の道が文字通り全部ゴキブリで埋まっていた。歩けないのである。おまけに少し靴から登ってくる。前にも書いたように、ゴキブリは飛び道具を使うので本当に嫌いだったが、この経験でもっともっと嫌いになった。その後、数日、夢でうなされた。

## 名古屋大学での成果の多い20年

次の赴任先は、素晴らしいキャンパスを持つコーネル大学にかなり気持ちが傾いたが、やはり日本を舞台に決めた。私は食事の美味しい東北大に行きたかったが、東北大の教授陣が皆賛成してくれた私の仙台への移動を、助手層は必ずしも受け入れてくれなかった。色々あって、野依先生のおられる名古屋大学に行くことになった。1980（昭和55）年である。先生は理学部、私は工学部。その後、21年間にわたることになる長い名古屋での生活が始まった。この間は私の研究成果の開花した時期でもあり、何をしてもうまくいった。化学が面白くてたまらなかった至福の時代となった。私の生涯の仕事である「ルイス酸」の仕事が一気に花開いたのもこの時期である。

後に名古屋大学総長をされた松尾稔先生に可愛がっていただいた時期でもある。先生は非常にユニークな人生観をお持ちで、お話ししているだけで自分の視野がみるみる広がる気がした。

先生には京都のお茶屋に何度も連れて行っていただいた。あるとき、お茶屋の入口で、先生が階段の下から見上げて「お茶屋の階段を上がる人の後ろ姿で、その人間の大きさがわかるゾ！」、さあ階段を上れと言われて困惑したりした。また、そのお茶屋の女将さんに出された器の作者を清水卯一《ういち》さん（陶芸家）だと言い当てて、とても気に入っていただいたりしたのも嬉しい思い出となった。

先生はいつも新しい切り口で世の中を見ることができる人だった。先生のお話は、その切り口の斬新さが人を感動させた。

やがて、私はだんだんと名古屋大学の執行部の仕事量が増える時期に入り、研究からは遠ざかり始めた。最後には10以上の委員会の委員長を命じられた。私の研究時間はこうした雑用に消えていった。

京都には老舗の料亭が数限りない。ふと入った店でも様々な歴史があって楽しい。京大の時代には、こうしたお店をとても存分には楽しめなかったが、名古屋に来てからはむしろ京都によく通った。これは、松尾先生のおかげである。

中でも、映画『千と千尋の神隠し』の湯婆婆《ゆばーば》のモデルになったと言われる京料理「ちもと」の女将さんは、京大建築の一期生という素敵な女性。一目見たときから「湯婆婆」だと思った。京都の老舗の女将さんは奥行きがすごい。どんな人とでも限りなく面白い話題を続けることができる。「ちもと」の女将さんの頭のキレはその中でも横綱級。大学の先生の比ではない。色々と話すうちに、ソ連のグロムイコ外相の話が出た。

日本に来たソ連の一行を「ちもと」で接待するように政府から指示があった。「ちもと」の大歓迎に外相がすっかり喜んで、帰る間際に女将に「なんでもあげるから言いなさい」といったそうだ。彼女は少し考えて、「それでは北方４島！」といって、一座がシ～ンとなったとか。それでどうなったの？　と彼女に聞いたら、「あいつはダメなやつだ。ＣＤ１

枚で誤魔化した」と言った。京都の女性は本当に怖い。

## 化学の絵をゼロから描きなおす

60歳を前にしたとき、シカゴ大学から、教授として来ないかとの打診があった。それまでも、米国のいくつかの大学からお誘いがあったが、ほとんど興味がなく全て断っていた。が、今回のオファーは、名古屋大学での執行部の仕事を辞めて研究に戻るには絶好の良い機会と感じたので、真剣に移動を考えた。

60歳を目前にしての移動である。色々な人に、また色々と助言していただいた。いつものように、たくさんの友人が「やめておいたら」との意見である。それでも、私はもう一度、自分の化学の絵をゼロから描きなおそうと考えて、申し出を受けることにした。

その頃はイチロー選手の米国への移動と重なったので、この移籍をネタに朝日新聞が記事に書いてくださったが、そのときお世話になったのは、たまたま辻篤子さんという東レでお世話になった辻二郎さんの娘さんだった。

また、名古屋を去るにあたって、野依先生に送別の会を開いていただいた。先生が３００名のお客さんの前で、１時間以上にわたる大演説をしてくださって涙ぐんだりもした。素晴らしい思い出の詰まった門出となった。

こうして２００２（平成14）年、シカゴ大学に赴任した。

シカゴでは時に零下20度以下という未体験の寒さに驚いたが、大学の研究設備は素晴らしい。大学側からも、私のために様々な配慮をいただき、研究室開設の準備資金も潤沢であった。大学の近くの高層アパートの29階を購入したので、ミシガン湖を一望のもとに眺めることができ、朝陽から夕陽まで、太陽を部屋から見ることもできる。恵まれた環境でフルスイングできた。休みの時間を使ってゴルフを楽しんだのも、この頃からである。

ある日、ゴルフに行ってパターをしていたら、近くで何発かの銃声が聞こえ、すぐにパトカーのサイレンである。這々《ほうほう》の体でゴルフは切り上げたが、さすがに昔のギャングの街と実感した。

自宅のすぐ近くのレストランでゴルフの後のビールをよく楽しんだが、聞くところによると、アル・カポネの行きつけの店だったそうだ。日本のレストランで、禁煙のお店にはタバコの印に斜線が付いている標識を見ることがあるが、驚いたことにシカゴではピストルの絵に斜線が入っている。やはりここはシカゴだ。

研究の当座の資金は潤沢にあったが、今後の研究費は稼がないといけない。米国での研究費獲得への戦いが始まった。

最初は惨憺たる負け戦だった。米国の厚生省の下にある巨大組織ＮＩＨ（国立衛生研究所）への申請では、裁定後には全ての申請者の順位と、なぜダメだったかの理由書をいただくが、私の最初の申請はほとんど最低点に近かった。

途方に暮れて、ＮＩＨのプログラムディレクターにワシントンでお会いしたところ、様々な助言をいただいた。この助言がなかったら、私の米国での生活はすぐに終わっていただろう。彼は、様々な助言の他に、資金獲得のための指導書を買えと言う。指導書は１冊10万円くらいの価格で、数百ページにわたって様々な有益な助言が満載されていた。

私は日本での研究費獲得と同じ感じでアメリカの申請書を書いていたが、この本は日本で身についた悪い習慣をすっかり叩き潰してくれた。その指導に沿って研究費申請書を書き続け、ついにはいつもほとんどトップ合格できるまでになった。

## シカゴで出会ったすごい日本人

誰でもそうだと思うが、海外で日本人同士が会うと、日本にいるときより、はるかに気安く話しかけたりして、仲良くなることが多い。私にも日本では絶対にできなかったたくさんの友人ができた。

ある日、シカゴの寿司屋で食事をしていたところ、隣に座っていた高齢のご婦人が話しかけてこられた。話をしていると、彼女はシカゴで超有名なステーキハウスの女将さん。ダウンタウンに80席、郊外で２５０席の２軒のステーキハウスのオーナーである。

「『ニューズウィーク』の１００人の海外で活躍する日本人女性の一人として、最近掲載されたよ」と、軽く言われた。面白そうである。彼女とはすっかり仲良くなって、現在も連絡しあっている。

彼女のお店はとにかくすごく有名で、「先週はレディー・ガガが『予約したい』と連絡してきたけど満席だから断ったよ」とか、お客のフリオ・イグレシアスが歌い始めたとき、

「ほかのお客の迷惑になるからやめてほしい」とやめさせ、大笑いされたと言われる。

その手の話は山のようにあるので、別世界を垣間見る思い。聞いていて本当に楽しい。

彼女は昔のＳＫＤ（松竹歌劇団）のダンサーで、若い頃に急にアメリカに行きたくなって渡米、その後、様々な苦労やすごい幸運にも恵まれて、今日に至ったとか。素晴らしい女性であり、話は尽きない。

彼女の従兄弟にあたる人も面白い。その人も車夫からはじめて、日本で巨万の富を築いた人である。こういう人たちは、遺伝子がどこかで普通の人と違っているのではないだろうか。共通しているのは、幸運の鍵をしっかりと掴まえ、チャンスを逃さないところだと思った。

彼がシカゴに観光で来たときの話も破天荒である。日本に帰るときのお土産を買わなければと、アタッシェケースに1億円分の札束をぎっしり詰めて入国したそうである。税関の係官が彼のアタッシェケースを見て、「これは何が入っているのか」と聞いたので、彼は肩を竦めて「もちろんキャッシュだよ！」と答えたところ、係官が大笑いして、「通れ」と言われたそうである。

確かに彼はお土産などを送るときには、驚くほどの質と量で送る。なぜかと聞くと、「普通の贈り物をもらっても、すぐに忘れるだけだが、その量が普通の10倍もあると、絶対に忘れないものだ」と言われた。普通の贈り物をすることこそ、お金の無駄遣いだそうである。この話はその後、私には大変に役立った。普通の行為では人は決して感激しないことを学んだ。

彼とは仲良くなって、日本に帰国した折には必ず食事を楽しんだ。東京に来たときには自分の車を使ってくれと言われた。それは超大型のベントレーで、どこにでも駐車できるそうだが、丁重にお断りした。

また、ある日、「明日ボクシングの面白い試合があるので、見に来ないか」と誘われた。たまたま時間があったので、約束の場所に行くと、すぐに会場の地下につれていかれた。「これから気合を入れるから同席しなさい」とのことで、よくわからないまま広い部屋に行くと、その日のボクサーが何十人もの人に囲まれて話をしている。彼は真ん中に立って、ビックリするほどの大声でそのボクサーに気合を入れて、「さあ、会場に行くぞ」という。ボクサーに続いて彼、そして私である。彼が私に「上着とネクタイは脱げ」と言ったので、手拭いを首にまいての行進である。

リングサイドの一番前の席に座って観戦した。文字通り血と汗が飛んでくるので、その迫力は例えようもなく、まさに圧倒的であった。本当に印象に残る時間を楽しめた。後で聞くと彼はそのボクシングジムの社長も兼ねていたそうである。

このようにシカゴでは、日本にいては決してお会いできない人とたくさんめぐり合うことができた。こんなに素晴らしい機会に恵まれるとは全く予想していなかった。

## 日本のために役立つ仕事を

一方で日本のよさも実感した。

ある日、仕事をしていると、急に病院から電話があった。妻が救急車で運ばれたとか。びっくりして、その病院へ駆けつけたところ、情けない顔の彼女が寝ている。聞くと、ジムで運動した後、公園に出たら零下20度だったため気を失ったそうである。

ちょうどそのときに警官が自転車で通りかかり、その場で血管確保（静脈留置針）をして、救急車で運ばれたそうだ。考え得るあらゆる検査をして問題なしで帰ってきた。

その後、請求書が到着。救急車が8万円、検査その他は全部で100万円だった。日本はいい国だ。

シカゴでのいくつかの新しい研究分野への挑戦は、予想したより順調に進展した。これまで誰もやっていなかった新分野の開拓は、全く新しい開拓者の感覚を得られる。それだけでも素晴らしい。

そして、日本から見るアメリカの景色と、アメリカから見るアメリカの景色は全く違っているのにも気付いた。ある意味ではアメリカを支配しているアングロ・サクソンのサークルの端っこに入れてもらった感じである。

私達の学問の分野でも、彼らは「ハーバードが世界の化学を指導するのだ」と平気で言う。この感覚は、この景色は中に入ってみないとわからない。

研究には満足していたが、シカゴに10年もいると、やはりアメリカの食事が大不満で日本に帰りたくなる。「アメリカ人はミールズ（meals）を食べ、日本人はフーズ（food）を食べる」と言って顰蹙《ひんしゅく》を買ったりもしていた。シカゴを離れるとき、なぜ日本に帰るのかと聞かれたが、ミールズに飽きて、日本でフーズを楽しみたいと思うようになっただけと答えたものだ。

シカゴに滞在中、日本へは年間5回も往復して、その度に数十キロの食品を買って持っていったが、やはりどこか違う。そうした食事の問題で我慢できなくなった私を見計らったように、中部大学からの丁重なお誘いを受けた。愛知県の春日井市の小高い丘の上に立つ美しい大学である。とても気に入って、シカゴ大学を辞めて中部大学に移ることを決心した。まだ70歳までには2〜3年あったので、もうひと仕事したいとも思った。

同時にこの年齢で、大学にご迷惑をおかけするのは心苦しいと思い、日本の大型研究費の申請が認められたら、ということを移籍に向けた条件とした。大型研究費が認められたら、自分の給料くらいは財団からいただける研究費の30%のオーバーヘッド（この分は必要経費として大学が直接財団から受け取るお金である）から出せるはずだからである。

結果的には私は資金獲得に成功して、中部大学での研究生活を始めることの後押しをしてくれた。現在でも、研究を進めているが、その後も最初に決めたように私の給料分はずっと自分で稼いでいるので、大変気楽である。

私のそれまでの研究は純正研究であった。自分の夢を実現するためだけの研究である。いつの日か、世の中の役に立てばありがたいとは思っていたが、そうした社会への貢献を積極的な研究の目標とはしていなかった。思いつくままに、半世紀、化学の香りを楽しんでいた。

しかし、中部大学に移動したのを機会に、最後の数年は日本のために役立つ仕事をしたいと思い、ペプチドの合成に焦点を当てた。ペプチドは次世代医薬品の主役になると言われているが、化学合成の価格が破格に高く、世界的にも十分には普及していない。安くすれば必ず世界の創薬を日本が中心となって先導できると考えて研究を開始した。

これまでの自分の研究領域とは少し違っているが、始めるととても面白く、毎日退屈しない。私は、人生の最後で自分の能力のフルスイングができる領域を発見したのだ。

ひと昔前には日本の製薬会社は世界の製薬企業トップテンにいくつか名前を出していたが、いつしか姿を消した。私は創薬で日本を世界のトップレベルまで引き上げることを目標とし、そのために「All Japan」で頑張ろうとしている。

# 第6章　ノーベル賞級の先生たち

# 福井謙一先生の「一行で書け」

福井謙一先生（故人）は日本で最初のノーベル賞化学者である。京都大学でのフロンティア軌道理論（化学反応を統一的に説明する理論）の研究で世界を驚かせ、この分野を文字通り切り開かれた人だ。着物を着て下駄で京都の街を歩く先生の姿は絵になった。

先生への思い出は尽きないが、一番鮮明に残る思い出は、福井先生に私の先輩の研究を説明しに行ったときのことである。私がその先生の研究成果を詳しくお話ししたところ、少しお聞きになってから、不満そうにこう言われた。

「そんな細かいことを私は聞きたいのではない。その人の研究の成果を、縦書き一行で言ってごらん」と言われ、私は立ち往生した。

先生にはさらに、「横書きの専門用語は使わず、縦書きの一行だ」と、念を押されてしまった。

これは本当に難しい注文だった。私たち研究者はともすれば、研究の成果を一般の方に

下駄履きがよくにあった福井謙一先生

お話しするときに、専門用語を使いすぎる。これでは一般の方に、すぐにご理解いただくことは難しい。一方、縦書き一行では、万人に分かる表現を使わざるを得ない。

研究者の思い上がりと、研究者が人間として研究成果を十分には考えていなかったことを思い知らされた。

その後、米国に行って、シカゴ大学の助教授を採用するときのインタビューに、同じことを試してみた。候補者に「あなたが20年後にノーベル賞を取るとしたら、どんなタイトルで取ると思いますか？　誰にでもわかる言葉で、一言で表現してください」と尋ねてみた。答えられる人は10人に1人もいなかった。アメリカでさえ、この質問は大変に厳しいし、その人の学問に対する立ち位置を聞き出すことができる絶好の質問である。

ちなみにこのとき、素晴らしい答えを返した人たちは、今も素晴らしい研究を展開している。

もう一つの先生の忘れられない思い出は、講演の際に使われたスライドである。私の知る限り、先生は10年以上ほとんど同じスライドを使われていた。普通、我々は講演のスライドを常に最新の結果を盛り込んで毎年のように作り直す。しかし、先生は10年以上も同じスライドで、しかも聴衆はいつも先生の講演に満足されていたのである。こんないかに先生が息の長い大きなスケールの独創的な仕事をされていたかがわかる。こんな講演をしたいものであるが、とても難しい。

翻って、日本の落語はどうだろうか。いつも同じ話である。そして、いつも同じ「くだり」で聴衆は大笑いする。こうして科学研究の楽しさを、町の普通の人が楽しめるようになって欲しい。

野崎先生には、「1枚のスライドに5行以上書くな」と厳しく言われた。最近特に、小さな字でスライドいっぱいに細かく書く人がいるが、いったい聴衆はどれくらい読んで、どれくらい理解しているのかを考えたことがないのではと、不思議に思う。

講演は自分の研究を人に話す大切な場である。自分の研究の成果がいかに面白いかを、ご理解いただけなければ意味がない。自分がその分野をよく知っていることや、真面目に研究していることを表現する場では決してない。

福井先生の「1行」もそうであるが、平易な言葉で話し、聞いている人にわかっていただけているかをいつも念頭におく必要がある。スライド1枚で一つの項目を説明できれば十分だ。

## 机と椅子しかないタメレン先生の部屋

私がハーバード大学のコーリー先生の研究室で大学院生だった頃、ちょうどアメリカ大陸の西の果て、スタンフォード大学で、バリー・シャープレスが同じ分野の仕事の大学院生だった。シャープレスの所属していた研究室はファン・タメレン先生（故人、元スタンフォード大学教授。生物有機化学という分野の創始者）が統括されていた。私の恩師のコーリー先生とファン・タメレン先生はお互いに同じ研究分野で激しい戦いをしていたし、犬猿の仲だった。

シャープレスは博士号を取ってから、ハーバードのブロッホ教授（コンラート・ブロッホ、ノーベル医学・生理学賞受賞）のもとに博士研究員として赴任された。コーリー先生は敵の手先がハーバードに来たと、大変にセンシティブになられ、「決して彼と話をしないよう」に繰り返し言われた。

しかし、お互いのボスは戦っていたが、私たちはすぐに仲良しになり、その後、半世紀にわたる親友になった。バリー・シャープレスはその後、野依先生がノーベル賞を取られた際に同時にノーベル賞を受賞されている。

バリーとは様々な話をしてお互いに啓発しあったが、その中でバリーの恩師のファン・タメレン先生の話を聞いたことは私の人生に大きな影響を与えてくれた。

彼によると、タメレン先生の教授室には机と椅子しかなかったそうである。雑誌や文献を読んでも、先生はすぐに屑箱に捨ててしまい、決して残しておかない。なぜ捨てるのか

ファン・タメレン教授。机と椅子だけの教授室だった

を尋ねたところ、「そういう論文や雑誌を置いておくだけでも、自分の研究に影響を与えるのが絶対に嫌だからだ」そうだ。

「捨てることで、その影響から離れることができる」

「捨てることで新しい展開ができる」

その後、彼に憧れた私も同じ流儀を真似して、読んだ論文等は全て捨てている。「断捨離」などが流行語になるずっと以前の話である。本当に新しいことや、新規のコンセプトを得るためなら、これくらいの意地と覚悟が欲しい。

時々、様々な大学の先生の教授室を

テレビで見ることがある。ほとんどの場合、山のような書類に埋もれた部屋である。私はこうした部屋の先生は、ともすれば他人の研究に左右され、独自の研究を進めることが少ないのではないかと疑う。少なくとも科学技術で世界のトップを走ることは難しいだろう。

一方、全ての余分な資料を捨ててしまい、空っぽになった教授室は、とても自由で、様々な新しい考えでプロジェクトを創成できる。だから私の部屋を訪れた人から「先生の部屋は禅寺みたい」と言われたことは、とても嬉しかった。

いらない書類を捨てるという、この爽快感は譲れない。そして、人は物にも支配されやすいことに、やっと気がついたのである。

## 1時間の講義を一句にまとめる野崎一先生

日本人は世界でも有数の「せっかち民族」だそうだ。歩行速度、郵便の届く速度、公共

野崎一先生は大正 11 年 1 月 1 日のお生まれ。
その博識と竹を割ったようなお人柄は稀有である

のものの時刻の正確さで比較しても、日本人、ドイツ人、イギリス人は高速型である。中速型の台湾人、フランス人、アメリカ人や、低速型の中国人、ブラジル人、インドネシア人との違いは、海外のその街を5分も歩けば体感できる。東京と大阪は違うというが、国の違いの方が圧倒的に大きい。

京都大学の恩師・野崎一先生は稀にみる秀才であった。先生によれば、「高校生のとき、1時間の講義の内容を、全て俳句一句にまとめた」そうで、それを聞いて仰天した。なるほど、1時間を俳句一句にまとめようとすると、よほど講義の内容を深く理解していないと難しい。試験の前には、その俳句を読めば済むそうである。

先生からは、必要のない枝葉の知識を切り落とし、本質的に大切な根本のところだけを抽出して、私達に伝えてゆくという手法で、素晴らしい教えを頂いた。先生のおかげで、不要な枝葉ではなく、本質的に核となる部分にだけ注目し、それだけを抽出することをいつの間にか身に付けることができた。これも「せっかち」の利点である。

また、先生は時間の使い方の名手でもあった。例えば、原稿を書くことを頼まれると、その手紙を受け取った瞬間から、すぐに鉛筆を持って、原稿作成に取りかかる。そして終わるとただちに郵送してしまう。先生には多くの著書があったが、いずれも大学と自宅の往復の時間を使って書いてしまわれていた。

私もいつの間にか先生のその習慣が身についた。そして、しなければならない仕事はすぐに着手し、すぐに終わってしまう。仕事に追われているという実感がなくなる。これこそが、時間を作り出す最上の手段である。

せっかちの先生は電車に乗っても、下車する駅の出口に一番近い扉を必ず探して、そのドアの前で立って止まるのを待っていた。ここまでくると、流石に真似できないが……。

そんな先生であるが、若い人への配慮は時間を無視してやっておられた。論文を読んで日本人の若い研究者の優れた成果を目にすると、すぐにペンをとって、賞賛のハガキをその場で書かれていた。その仕事の内容に触れて「素晴らしい仕事」と褒め、「今後ますます良い仕事を」と励まされる。受け取った研究者は、まず野崎先生からの直筆の手紙を受け取ったことに驚き、その手紙の内容に、また感動する。こうした若者を育てる配慮には時間をたっぷり使っておられたのを思い出す。

最近読んだ本に書いてあったが、「雑用とは雑に仕事をするから雑用だ」と言うそうである。確かにその通りだろう。しっかり心を込めて仕事をすることこそ大切で、とりあえずの仕事なら、しないほうがいい。大袈裟に言うと、小さな仕事でも人生最初で最後の覚悟で完成する。それは結果としては能率的になり、ひいては究極のせっかちになると思う。

野崎先生と私は自宅が近かったせいか、先生は夕方5時頃になると私に「もう帰ろう」と誘われた。多くの先生が夜遅くまで教授室にいるのは大嫌いで、若い研究者には「もっと自由な時間があった方がいい」とも言われた。

無理に居残っている先生さえ見かけることがある。そういう先生は、本当はヘトヘトになるまで仕事をしていないのだと野崎先生は言われる。

「人は9時間くらい懸命に仕事をすれば、ヘトヘトになるはずだ。遅くまで大学にいるのは、ヘトヘトになるほどの仕事をしていなかったのではないか」と言われるのである。

つまり、「夜遅くまで、仕事場に残っているのはきちんと仕事をしていなかったからだ」そうだ。人は見栄だけで生きてはいけないということだろう。昔風の働き方改革である。

以前は、野崎先生は論理的な方だと私は思っていたが、最近では実はフィーリングの方だと思うようになった。大切なトピックスとそうでないトピックスは、本能的に区別しておられた。自分のフィーリングで分野の動向を一瞬で判断できるかどうかで、その研究者を判断することができる。

## 若者を自費で育てた向山光昭先生

東工大から、東大へ、そして東京理科大へと、定年になられるたびに大学を移られた向山光昭《てるあき》先生（故人、元日本化学会会長、東京大学名誉教授）は、我が国の有機化学を世界に認

日本の有機化学を拓いた向山光昭先生。
その明るいお人柄は万人をファンにした

めさせた巨人である。そして、先生に励まされた我が国の若い研究者は非常に多い。

　私は米国で初めて先生にお会いしたが、一介の大学院生の私を、アンソニーズ・ピア・フォーというボストンの一番の海老料理のレストランへ連れて行ってくださって、研究のことなど様々な助言をいただいた。その後日本に帰ってからは、お会いするたびに「おい、元気かい！」と話しかけていただいた。

　ある日、東京の一流のホテルに招かれた。行ってみると、私の他に他分野の新進の研究者が数名招かれていた。

そして数日間、彼らとそのホテルのスイートに宿泊し、それぞれの分野の研究について率直な議論や質問ができた。私にとっては、本当に珠玉の数日であった。そうした費用はご自分のポケットマネーで支払っておられたと後で聞き、また感動した。

あるときには米国で活躍している新進の研究者を数名招かれ、日本の若手数名と共に数日間、これもホテルに「カンヅメ」になって研究の話ができる場を作っていただいた。そのときに知り合ったアメリカ人達とは、その後、半世紀にわたって、かけがえのない友人になった。

また、倉敷の企業の肝いりで、先生が毎年のようにシンポジウムを開いてくれた。限られた20～30数名の我が国の若者の会である。会議の後にはいつも様々な意見交換をするのが行事であった。先生のこうした若手の研究者への継続的な励ましは、何名もの研究者のその後の研究人生に大きな影響を与えた。

海外では、私がシカゴにいたときの話であるが、イリノイ州のハイスクールの進学校で目立った生徒を10名ほどと2～3名のノーベル賞研究者を、シカゴのある富豪が夫婦で招き、数日間一緒に暮らす経験をさせていた。これによって研究や人生などの話題が広がるそうである。とても贅沢で羨ましいと思った。

10年前に発足した「大津会議」は、これの小型版のイベントとして始めた。私の他、２名の先生と一緒に、万有財団（万有生命科学振興国際交流財団、現ＭＳＤ生命科学財団）の支援を受けて始めた。

大津会議とは、日本の北から南まで、目立って良い研究を進めている研究室の、目立って尖った大学院博士課程の学生を15名程度、琵琶湖の素晴らしい景色を望むびわ湖大津プリンスホテルに招き、２日間、私達と寝食を共にして、英語で研究のこと、人生のことなど自由に議論する機会である。

これまで10年にわたってこのイベントを行ってきたが、大津会議の卒業生（フェロー）はすでに１５０名を超え、彼らはその後、日本や世界で縦横に活躍している。それぞれの研究室では〝天狗〟であった彼らが、日本中の〝天狗〟の中で自分の立ち位置を確認し、その後の研究者人生で羽ばたきを始めるのである。

毎年何回か、彼らは自発的に集まって旧交を温め、研究の励まし合いの時間を持っているそうである。最近ではサンフランシスコ支部までできている。多くの卒業生はすでに文字通り日本を代表する若手研究者となっている。彼らの素晴らしい活躍を見るたびに、私たちはとても嬉しい気持ちになる。

大津会議の他に、同じ財団の支援でＭＢＬＡという活動も始めた。これは、日本の准教授クラスで非常に目立った独創的な研究者を1名、アメリカやヨーロッパに紹介する活動である。彼らは講座のトップの先生の下で働いているため、海外から見るとあまり目立たない。しかし実質的には素晴らしい「ゲーム・チェンジ」（ゲームのルールを変えるほどのイノベーション）の仕事をしている。こういう人を毎年選び、アメリカとヨーロッパの講演旅行に行っていただくプランである。

ヨーロッパのミュンヘン工科大学、スイスのＥＴＨ（スイス連邦工科大学）、ドイツのマックスプランク研究所、そして米国のハーバード、ＭＩＴ、プリンストン、メルク研究所、バークレイ、スタンフォード、カリフォルニア工科大学などを回る3週間のハードな旅である。

それぞれの場所で講演をする他、5～8名くらいの研究者と30分から1時間、個別の討議をする。全ての旅が終わると文字通り、疲労困憊になって帰国する。しかし、この間に100名くらいの世界トップの若手研究者に会い、討論できるため、帰国した彼らは見違えるほどの素晴らしい研究者に変身している。

これまで16年で16名の研究者がこの洗礼を受けた。帰国後、ほとんどの研究者が有名大学の教授に迎えられ、我が国を代表する研究者として分野を牽引してくれている。

さらにもう少し年齢が上の研究者には、「名古屋メダル」という制度を作った。名古屋メダルの金メダルは海外のノーベル賞級の方へ、銀メダルは比較的若手の我が国の研究者へ進呈している。このメダルの受賞者もすでに20名を超える。

絶え間ない新規研究分野の若者の創出が、今後、これまで以上に我が国にとって重要となるだろう。そのためには、瑞々しい新規分野の開発を担う若い日本人研究者に、こうした私的な活動に基づく血の通った機会を作ることこそ貴重である。選ばれ、褒められ、責任を持って行動していただくことで、人は成長するのである。

向山先生の研究グループは日本中で一番大きなグループであった。数十名の有名大学教授を輩出された。そのグループの結束は素晴らしい。しかし、典型的な内向型のグループであるとも言える。無論、向山先生のセンスの良さは抜群だったわけで、私たちはその意志を継いで進化させなければならない。

# 化学の中に生きるウッドワード先生の美学

ノーベル賞教授の故・ウッドワード先生は、20歳で博士号を取得され、非常に若くしてハーバード大学の教授になり、ハーバードの世界トップの座を長く支えてきた人である。先生は、化学は美しくなければならないと考えておられた。

ご自分は「ブルー」の色が好きで、教授室はブルー一色に統一され、背広もネクタイもブルーであった。学生が先生の駐車場をブルーのペンキで塗っていたのを思い出す。講演に関する先生の完璧性の追求はすごいものであった。ご自分で使われるチョークは特別注文したものであり、また黒板消しは特注の大型のガーゼである。大学で講演される講義室に5時間ほど前に行ったところ、先生がすでにおられて、どの席に座っても黒板がしっかり見えることを確認されている姿が印象的であった。

講演が始まると、熱中され、ときによっては3～4時間に講演を延長された。しかし、先生の恋人でもあった美人の秘書が癌になって余命数カ月となったとき、先生は数カ月の長

すごい秀才だったノーベル賞化学者ウッドワード先生。
その論文の英語は素晴らしく、ノーベル文学賞に値すると言われた

期休暇をとり、その恋人を連れてハワイに行って彼女が亡くなるまで一緒に暮らしておられた。私には先生の学問に対する厳しさと、人間としての優しさの対照が印象的であった。

また、先生の名前のついた有名なセミナーが月に一度くらい開かれたのだが、それは夜の7時から始まった。参加してみると、化学教室の大学院生や博士研究員が60〜70名ほど集まっていた。ウッドワード先生は現れると最初に黒板に反応式を書き、そのメカニズムに関して問われる。それから2時間ばかり、皆は静かに考える。

2時間後、勇敢な学生が黒板に考え

ついたメカニズムを書くと、ウッドワード先生は、その解答のどこが問題かをお話しになる。その後また、思考の時間である。

最終的な答えにたどり着くのは夜中の1時を過ぎていた。その間、しゃべっている時間は合わせても、10分くらいである。そのほかの時間は全員が静かに考えている。

私には禅寺の坐禅のような静寂な雰囲気だと思えた。物事を突き詰めて考えることの大切さを初めて教えていただいたように感じた。

有機化学の分野での先生は伝説の教祖である。先生の教え子は日本中におられるが、ハーバード大学の岸義人先生は、その先頭に立たれた人だ。

そして、先生の化学には必ず美学がある。もちろんブルー一色へのこだわりもすごいが、化学の中に先生の美学が今も生きている。美学と化学は非常に近いという感覚である。美学は感性の学問であり、その点では有機化学と共通点を持っているのだ。また、先生の論文の英語の美しさは比類ない。

先生は1日数箱というヘビースモーカーで、また、毎日ウイスキーを1本飲まれていた。先生はのちに先生が「ひっそりと」亡くなられたとの衝撃的なお知らせをいただいたとき、先生はまだ62歳であった。もうこんな先生は現れないだろう。とてもハンサムで、ブルーの部屋でブルーの背広、ブルーのネクタイをつけておられた素敵な先生が懐かしい。

先生は基本的には内向型でフィーリング型の方だったと思う。ある意味で、独り孤高で学問の道を開かれた。山の下から仰ぎ見る思いである。

## 大好きな奇人・中西香爾先生とお酒

故・中西香爾先生はコロンビア大学の看板教授であった。コロンビア大学に講演に呼ばれたあるとき、前日にニューヨークに到着したので、先生のオフィスを訪ねた。

そこで先生の素晴らしい視覚の研究のお話を聞いているうちに夜になったので、先生が夕食を一緒にと言われる。誘われるままに先生の行きつけのお店に到着。美味しい食事に少し飲みすぎ、ビールから始まって、ワインを4本。その後のグラッパがまた曲者で、数杯いただくと二人ともすっかり酔っぱらった。

翌日は朝の講演である。私をご紹介いただく中西先生はほとんど酩酊状態。その後、私は1時間の講演を行ったが、こんな講演は一生に一度にしたいと思ったものだ。それでも講演を聞いてくれた学生さん、ごめんなさい。

翌朝、日本に帰る支度をしていると、先生が来られた。ワインを1本持っておられる。さては、一昨夜のお詫びの印かと私は思った。すると、「君の帰りのボストンバックは少しくらいスペースがあるだろう」と言われる。「やっぱりそうなんだ」と納得してお詫びのワインのお礼を言おうとしたら、その前に先生がこう言われた。

「昨夜君が話していた瑞浪のジビエ料理店が気に入った。今度僕が日本に行ったらそこに行くので、それまでこのワインを置いておいて欲しい」。それまでオアズケの極上の「オーパスワン」を持って私は日本に帰った。

また別の折、会議の懇親会の後、先生に「ちょっと一杯やらないか」と誘われたので、一緒にバーへ行った。先生は上機嫌でドライ・マティーニを頼んですぐに飲み干され、「このグラスはだいたい小さすぎる。マティーニならもっと大きいグラスが本当だ」と、バーテンダーに文句をつけた。

そうしてバーテンダーが持ってきたグラスがびっくりするくらい大きい。先生は「これ

中西香爾先生

だ！　これだ！　これがニューヨークのマティーニだ」と言われ、さらに飲み続けられた。かなり遅くなってホテルの部屋に引き上げる頃には、先生の足元はかなり怪しかった。

翌朝、先生が「昨日は山本くんに飲まされて、酷い目にあった」と言われているのを聞いた。そんな先生は本当に憎めない人である。

ある日、シカゴに来られた折に中西先生とお会いすると、眉間に傷がある。びっくりして何があったのかお尋ねした。

先生は日本に来られるときには御茶ノ水の「山の上ホテル」が常宿である。

そこで事件があったそうだ。例によって、夜遅くまで飲まれ、ホテルに帰ろうとされた折、つまずいて坂道のガードレールに頭をぶつけてしまったそうである。幸いホテルにたどり着いたものの、ホテルのボーイが仰天した。頭と顔が血だらけだったのだ。すぐに奥様が呼ばれたが、先生をご覧になって「とうとう、来るときが来たのね！」と言われたとか。

その後、病院に行かれ、ご自分の歯を切ってブリッジを作り、なんとか治ったということだった。

そして先生は私に「こうした頭の手術では、頭が良くなるそうだけれど、どうかな？」と言われた。本当に、豪傑な夫婦である。

廣中先生と同じで、中西先生は何にでも興味を持たれる方だ。子供のような感覚で全てのことに夢中になられる。これは歳を取られても全く変わらなかった。その生き生きした関心と集中にいつも教えられた。

先生はニューヨークの手品協会の重鎮だったとかで、大学でも講義の後には必ず手品をして学生に見せるのを楽しみされていた。一緒にレストランに行っても給仕の人に手品のサービス。別の意味で、とてもかっこいい、しかも、軽やかな大学教授であった。

先生はもちろんフィーリング型で、感覚で外界をキャッチされていたと思う。世界中で誰よりも早く様々な最新の分析機器に飛びつかれた。これに影響された研究者は数限りないと思う。

私はこれまで様々な場所で、様々な偉大な方とお会いできた。一人ひとり個性が強く、温かい人柄であった。日本から見ていると手が届かないような偉大な先生が、お会いしてみると本当に親しみを感じる人ばかりだった。変な言い方であるが、「どんな人でも普通の人である！」ことに気づく。ただ、その生き様に一種の素晴らしさがある。直接お会いせずに外から見ていると、偉大さばかりに注目してしまい本当の良さがわからない。

# 第7章　日本型破壊的イノベーションを

## どこまでも美しいものを

　破壊的イノベーションはハーバード大学の故・クレイトン・クリステンセン教授が20年以上前に発表して、大変話題になった。我が国ではネーミングが悪かったのか、当時それほど大きな話題にはならなかったが、最近また復活して様々な場所で取り上げられている。

　一つのイノベーションが始まると企業はその改良に走る。いわば持続的なイノベーションが始まる。それによって、製品のレベルは徐々に改善され、場合によっては社会が要求するより不必要なほど、高レベルの製品が生まれる。市場の要求するレベルをはるかに超えてしまうのである。アイフォン（iPhone）を見ればよくわかる。このような時期に破壊的なイノベーションが開始されることが多い。

　また、破壊的イノベーションでは例えば、ハロゲン化銀の写真が、あっという間にデジタル写真に替わったように、突然以前の製品が市場からなくなり、新しい製品に席巻されることになる。最近では３Ｄプリンターが良い例である。我が国の金型産業が大打撃を受

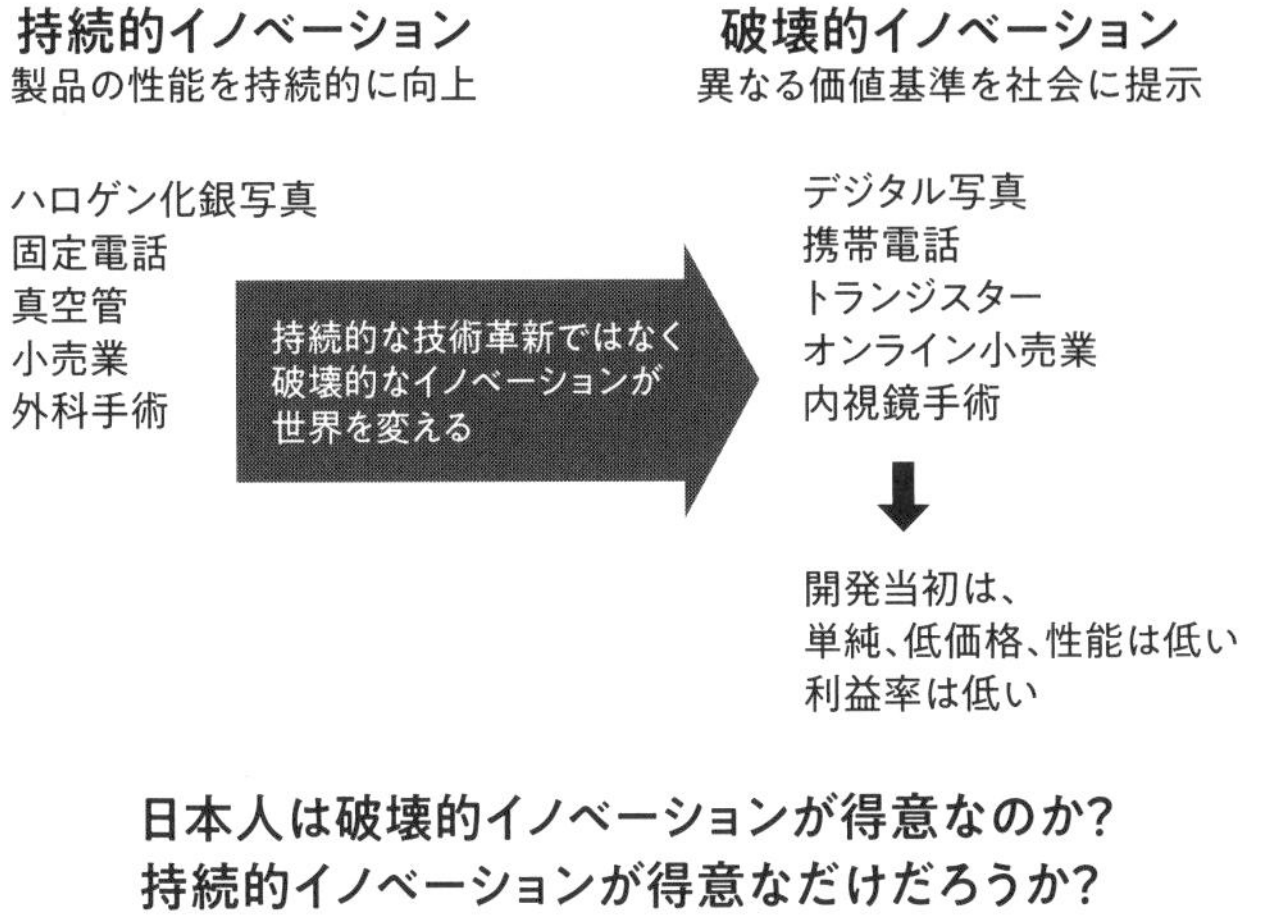
持続的イノベーション
製品の性能を持続的に向上
破壊的イノベーション
異なる価値基準を社会に提示
ハロゲン化銀写真
固定電話
真空管
小売業
外科手術
持続的な技術革新ではなく
破壊的なイノベーションが
世界を変える
デジタル写真
携帯電話
トランジスター
オンライン小売業
内視鏡手術
開発当初は、
単純、低価格、性能は低い
利益率は低い
日本人は破壊的イノベーションが得意なのか?
持続的イノベーションが得意なだけだろうか?

クレイトン・クリステンセン『イノベーションのジレンマ』(2000)より

図1

けている。そして新しい製品をつくり始めた企業は莫大な利益を獲得する一方、従来品は売れなくなり、自然消滅して破壊されてゆく。

こうした破壊的イノベーションは民族学的に外向型の社会に育ち易い。できるだけ他人と違う仕事をしたい人が多い社会ほど、こうした目標に沿った技術者が生み出されてくる。

我が国に破壊的イノベーションがなかったわけではなく、終戦後、全てが焼け野原となったときには、前例が消失して存在しないので、こうした破壊的イノベーションが勃興した。そして、これがその後の我が国の急速な経済成長を促した。しかし、経済が豊かになると、前例ができ、成長が止まった。そして、停滞の時代になったのである。

そうすると持続的イノベーションが主流となり、場合によっては技術のガラパゴス化が進む。これが日本の現状である。

しかし、場合によってはこの止まることを知らない日本の持続的イノベーションが思わぬ成果を上げることがある。つまり、究極まで持続的なイノベーションが進めば、その結果、ガラパゴス化するが、時にそれが思いがけない新しい市場を生み出す場合もある。特に我が国は、「匠の技」に代表されるような精緻な技術にまで終わりなく発展することに長けている。

例を挙げてみよう。今や、日本料理は世界に受け入れられている。びっくりするほどの美しさである。しかし料理は美味しければいい。それにもかかわらず、日本料理はそこに美しさを加えて新しい市場を開拓した。美しさという新しい指標を提供して、新しい市場を作り上げたのだ。これは、日本的な破壊的イノベーションといって良い。

日本刀は世界で最も美しく、両手で用いる湾刀《わんとう》（弓なりにそった太刀）としては世界で最もよく切れると言って良いが、こうした極限まで磨き上げた美しさと実用性はいかにも日

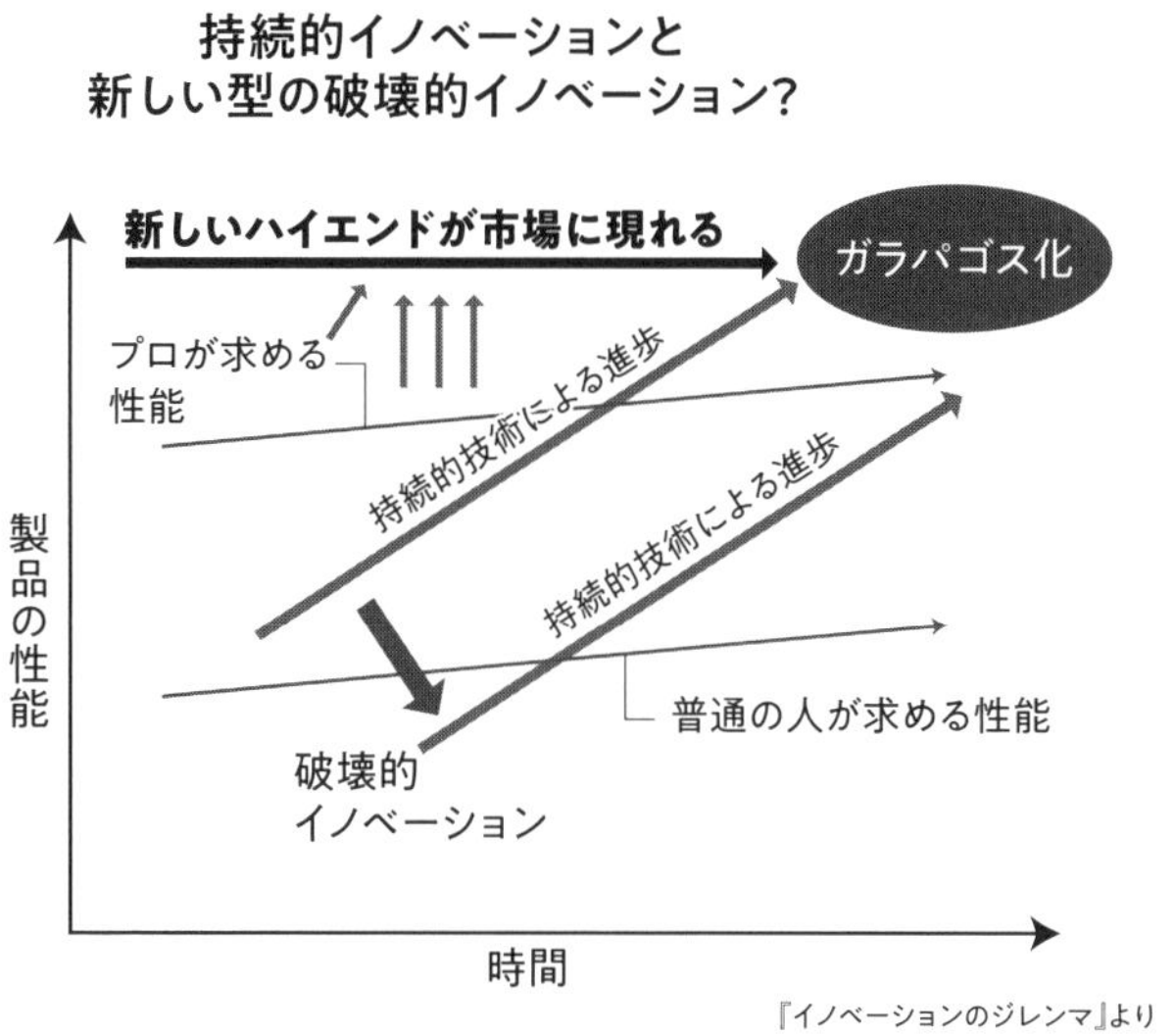


図２

本的である。

東レの炭素繊維や富士フイルムのインスタントカメラ「チェキ」など、数え上げるとこうした終わりなく発展した持続型イノベーションが大化けした例が大変多いのに気づく。ポラロイドやコダックなど、撮影してすぐにその場で印刷される写真を作る技術を継承してきた企業は全て倒産消滅している。しかし、研究を続けた富士フイルムは「チェキ」で大成功した。

これは、他の企業が諦めた市場を執念深く追い続けた結果であると同時に、旧来の概念では想像できなかった新しい市場を開拓した結果だろう。私はこうした日本的な破壊的イノベーションは我が国の最も得意とする日本型イノベーションに発展すると思う。

これは、内向型の民族に適した新しいタイプのイノベーションの形ではないだろうか。米、牛肉、果物などの食品や、様々な工芸品、あるいはいくつかの隙間を狙ったＩＴ製品など、他国では真似ができない日本型イノベーションの例は多い。

どこまでも美しいものを、どこまでも美味しいものを、どこまでも可愛いものを、どこまでも便利で使い易いものを。こうした完璧性へのこだわりが新しい市場を作る。日本人より日本的で内向的であったと言われるスティーブ・ジョブズのアップル社の成功は、実は日本的な破壊的イノベーションがアメリカで開花したと言われている。その製品は使いやすいばかりでなく、不必要なまでの美しさへのこだわりを感じる。

アップル社の製品を買われた方はすぐに気付くと思うが、その包装の箱もそうである。日本の桐箱は、静かに開けないと開かないし、また閉めるときも蓋は置くと静かに下がってゆく。アップルの包装箱はこれとよく似ている。やはりジョブズの好みだろう。ここまでの使い勝手は不必要であるが確かに美しい。

## 一目でわかる大学の研究

名古屋大学名誉教授の故・上田良二博士（物理学者）の4象限模式図（図3）は、私が名古屋大学に赴任していた折、先生の退官記念講演で学ばせていただいた。これは非常に明解に大学の研究を分析できており、一目で大学の研究全体を俯瞰し理解できるものである。まず、基礎から応用に向かう研究について考えてみたい。企業ではこのタイプの研究が大半を占めるだろう。この方向への研究はいわゆる「課題追求型の研究」と言える。その際、大学でよく見かける間違いは、すでに終わっている研究成果を、なんとかして課題に沿ったものに塗り替えはできないかと工夫するというものである。こうした事後の工夫はほとんどの場合、実を結ぶことはない。

応用研究の成果は「出口」ではなく、研究の「入口」であることをしっかりと認識して、研究を始める必要がある。なぜなら、こうした後出しジャンケンのような「出口」は、一時的に市場で見えている欲求を満たすだけであり、誰でもすぐに考えつくものが多いからである。その結果、付け焼き刃の研究は他者の類似の技術にすぐに追い抜かれてしまう。

課題追求型の研究では、最初に立てた目標に到達するために必要な基盤となる基礎学理を探し出し、目的に沿ってこの学理をゼロから発掘し直す必要がある。こうした基礎学理は自らの専門の研究基盤と全く違うものであることが多い。

例えば、化学者であっても、物理や生物や数学、また、経済学などにまで分け入らなければならなくなる。これはこれでワクワクするような高揚感を与えるので、この気分を一度味わった人はこの研究スタイルの面白さを十分に認識していることが多い。そのためか、一度課題追求型研究に成功した人は、その後、絶えず成功し続ける例をよく見かける。

さて、それでは純正研究はどうであろうか。我が国の科学技術が、一時、世界を先導し、非常に大きな貢献をしたのが、この純正研究であった。昔の大学の長期にわたる研究は、研究費の申請が必要ない校費が支えてきた。その校費のお陰で10年以上も論文が出ない、非常に息の長い研究をコツコツと完成させることができたのである。企業では決してできない息の長い研究によって、真似のできない素晴らしい成果を社会に提供できた例もある。

しかしいつしか日本の研究費制度は、米国の課題追求型の研究費申請の制度に置き換わり、校費は事実上消滅目前と言って良い。すなわち、年々校費が削減され、長期にわたる

**アカデミアの研究構造**
**上田良二博士の4象限模式図**

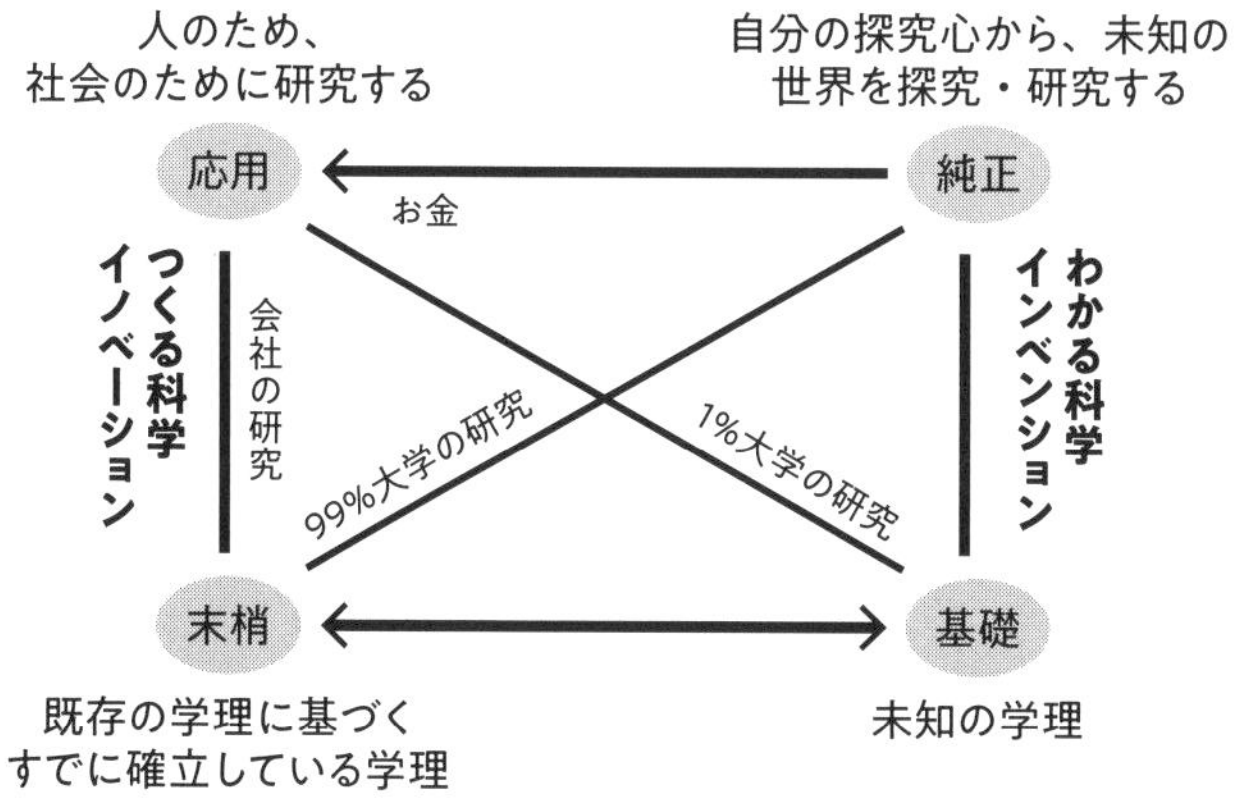


図3

息の長い純正研究はできなくなった。

　そのため心ならずも応用型の課題追求の研究費申請に応募し、自らの研究を曲げ、課題に対する「そこそこ」の目標を掲げていものの、本音は自らの夢を追い求める純正研究がしたいのではないかと見受けられる研究者をしばしば見かける。もし、この研究者が独創的な基礎から出発し、真の純正研究に向かって研究しているなら、はっきりと「私は自分の夢の実現や、知の探求のためだけに研究をしている」「お金のための研究ではない」と言いきって欲しいものである。

　しかし、いまさら数十年前の校費の制度に戻ることはできないだろう。現在では純正研究でも課題の設定を掲げるべきである。社会に直接役立つ目標ではなくても、純正研究型の人類の知や究極の美の探求を目標とする課題を掲げ、大学で5年から10年にわたる息の長い研究を行える新しい研究費制度の構築こそ必要である。

目先の課題追求ばかりだと、完全に開発途上国に抜かれてしまう。

小型の研究で、ほとんど社会の役に立たない末梢から純正や、末梢から応用に向かう研究が、大学の研究の大半となってしまうのだけは避けなければならない。末梢から応用に向かう研究は企業に任せればいい。また、末梢から純正に向かう研究は研究者の満足感はあるかもしれないが、社会への貢献は基本的にはほとんどない。こうした末梢からの研究は基本的には研究費を思い切って縮小し、目標の定まった応用研究や純正研究に移行させるべきである。

社会に対する明確な目標を掲げる課題追求型研究はＪＳＴ（科学技術振興機構）に任せ、ＪＳＰＳ（日本学術振興会）は息の長い純正研究を受け入れる研究費のあり方をもっと工夫するべきである。研究者が新しい学理を見出し、それを純正研究にまで発展させる骨太の研究課題を、成果が何ら出ていない時点で、あらかじめ評価することは至難の業である。しかし、これなくしては、我が国の未来はない。評価者には、自らの研究分野から離れ、自我を捨て、長期の将来を見据え、大所高所からの適切な評価を行うことが求められる。そして、こうした識見を持った評価者の発掘と育成こそ現在不足しており、緊急に必要なのであろう。

## イノベーションとインベンションは違う

「イノベーション」を「革新的な技術開発」と翻訳することがあるが、これは間違っている。それでは「イノベーション」は昔からの「インベンション」と変わらない。イノベーションとは、「社会に良い影響を与える技術開発」である。

言い換えると、イノベーションは「新結合」「新機軸」「新しい切り口」「新しい捉え方」「新活用法」「新経営法」のことと言われているが、いずれもその成果は人間社会に反映されなければならない。社会的なインパクトがないイノベーションはない。

イノベーションに成功すると、人々の生活の仕組みが変わってくる場合すらある。課題追求型の応用研究の成果がその内容である場合が多い。一方でインベンションは社会とは無関係である。インベンションは社会とは関係なく、面白い学理や現象の発見、その原理の解明などであり、これは純正研究に相当する。どちらも必要であり、どちらも我が国の明日を作るものだと言って良い。

イノベーションが数年後の社会変革をもたらす一方、インベンションは社会変革をもたらすかどうか不明であるが、時として破壊的イノベーションの種子になることが多い。また、イノベーションは、場合によっては後追いの研究に追いつかれることがある。なぜなら、誰でも考えることのできる手法の発見だからだ。

一方、インベンションはそう簡単ではない。普通は誰も考えることができなかった、ある意味では突拍子もない切り口の発想が原点にある。これに後追いで研究を始め、何とか追いつこうと思っても並大抵のことではうまくゆかない。全く別の発想から出てきたものを追い越すのは不可能だからである。従って普通、インベンションを後追いするのは成功しない。純正研究から派生したインベンションはこうした後続研究を諦めさせる力があり、寿命の長い成果を生み出す。

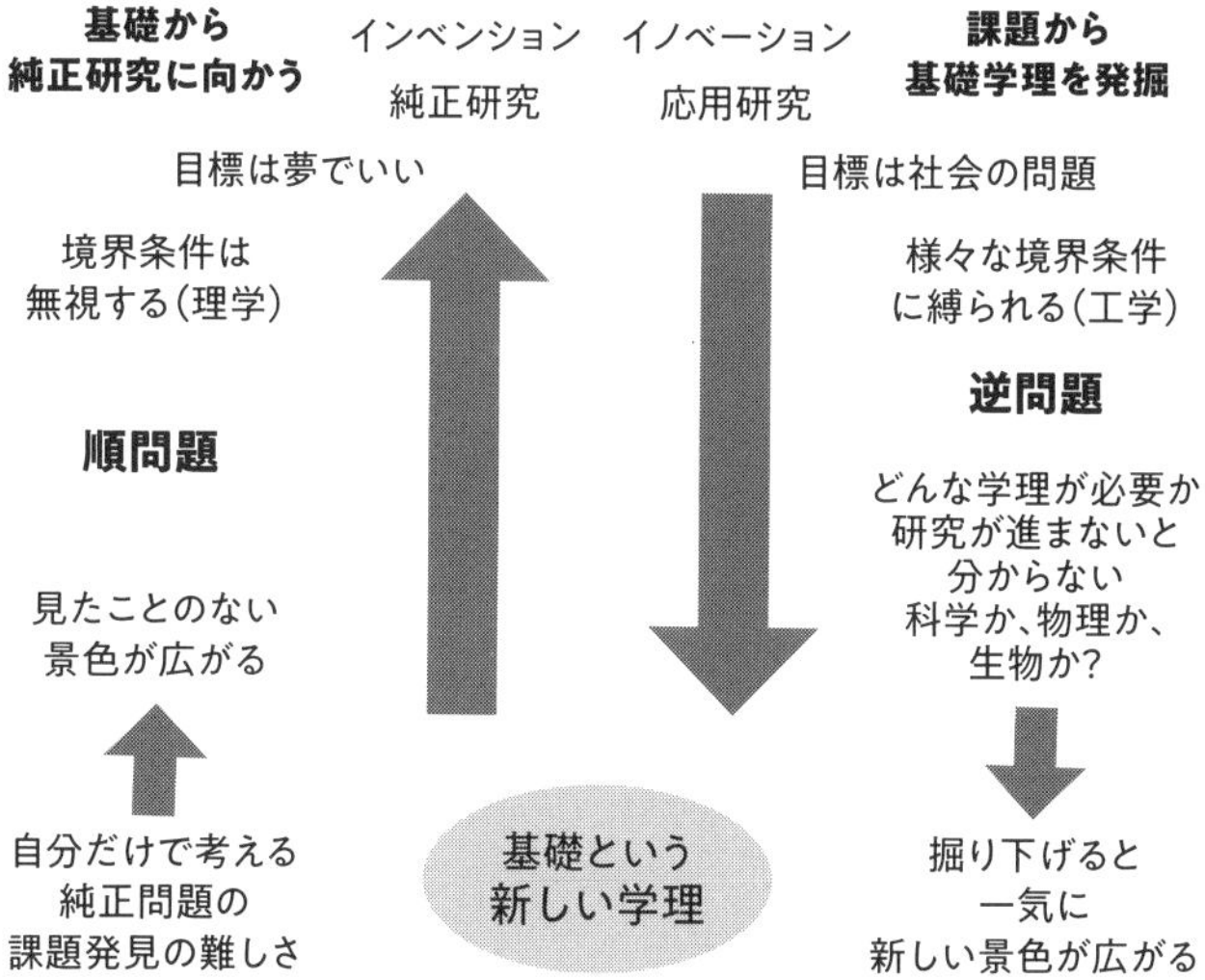
基礎から
純正研究に向かう
インベンション
純正研究
イノベーション
応用研究
課題から
基礎学理を発掘
目標は夢でいい
目標は社会の問題
境界条件は
無視する(理学)
様々な境界条件
に縛られる(工学)
逆問題
順問題
どんな学理が必要か
研究が進まないと
分からない
科学か、物理か、
生物か?
見たことのない
景色が広がる
自分だけで考える
純正問題の
課題発見の難しさ
基礎という
新しい学理
掘り下げると
一気に
新しい景色が広がる
図4

課題追求型の応用研究はどちらかといえば外向型で思考型（論理型）の民族が得意である。なぜなら、外向型の民族性は攻撃的であり、横に際限なく広がる特性を持っているからだ。破壊的イノベーションに必要な外への展開のための要素をしっかりと備えている。

一方では純正研究は内向型で感覚、気持ち型の日本人にはよく適している。この民族は横ではなく、上に向けて際限なく上がってゆこうという特性を持っているからである。ある意味で自衛的であり、その分野の全てを改善しようとする。少し乱暴な言い方であるが、外向型の民族は課題追求型の研究に、内向型の民族は純正研究に向いていると言って良いのである。

## 日本人によるノーベル賞級の大革命

古くからの数学の問題として認識されているが、問題の解決に向けて研究が進むプロセスを「順問題」という。その逆方向のプロセスで、問題を解く方法が自明ではないものを「逆問題」という。社会的な問題を解くことで、それが工学的・社会的に利用できるような問題の解き方である。また、言い換えると、境界条件に縛られないのは「順問題」を解く手法で、境界条件に縛られるのは「逆問題」である。

「順問題」のような全く白紙の状態から抽象的な論理を構築する手法は、日本人にはなじまない。論理的思考に慣れていないからである。一方では工学は境界条件の中で、解決を考えるので、基本的には「逆問題」の手法を使うことになる。これは日本人には相性のいい手法だと言える。また、「順問題」はインベンションを生み出す一方、「逆問題」はイノベーションの宝庫と言って良い。

では、これを順問題や逆問題を作り上げてきた数学で考えてみよう。昔ながらの順問題は確かに非常にチャレンジングであり、多くの新進気鋭の数学者が世に出る関門の役割を果たしてきた。時折聞くフィールズ賞がそれに相当する。

一方、逆問題は比較的歴史が新しい。逆問題は第二次世界大戦中に、弾道計算やレーダー探査など軍事上の目的により急速に発展した。

また、大型戦艦が日本の特攻隊をどのような方向から受ければ被害を最小にできるのかという有名な米国の研究もある。現在では、非破壊検査や医療を目的とした利用も盛んに研究されている。いずれも、これまでの数学とは違っており、様々な社会問題に関して適切な回答を与えることができる新しい数学である。現在社会は逆問題の数学なしでは成り立たなくなったとさえ言われている。

様々な今日の問題に対する回答を与える逆問題は、ＡＩの登場でますます人間社会に必要不可欠な学問になってくるだろう。

私たちの化学分野でのお話をする。例えば、ＡとＢという物質を反応させるとＣができる場合に、なぜCができるのかという質問がある。それに対して、従来の数学に基づく分子軌道を用いて素晴らしい回答を提供してくれたのが計算化学である。これは福井先生のフロンティア軌道理論に源流を見ることができる。反応が進行する工程を極めて明瞭に示し、またどの工程が一番大切かも教えてくれる。これらはいずれも順問題である。

しかし計算化学は一方で、Cという物質を目標にし、どのような物質を混ぜて反応させればCを作ることができるのかという質問には、残念ながら全く答えてくれなかった。さらにはAとBを反応させるときにどんな新しい物質ができるのか、これも一切教えてくれなかった。これらは、ある意味で未来を予測する化学であり、また、逆問題の化学でもあった。

この難問を解いたのが北海道大学の前田理博士である。彼は世界で初めてこの問題に真正面から取り組み、若くして様々な未来予測の方法を提案した。反応ばかりでなく、所望の物性を得るにはどのような化合物がいいのかとか、医薬品を論理的に設計するにはどうすればいいかなど、世界の物質の産業基盤となる、化学が待ち望んでいる技術を提案したのである。この手法は今後世界中の化学者が日常的に使うことになるだろう。

実は、前田博士が京都大学の若い助教であったときに、私たちが始めた「クレスト分子技術」の比較的大きな研究費を差し上げて、研究を一気に全面応援した。これで、前田理論はみるみる発展し、前田氏もその後、北大に招かれ、准教授、教授と昇格し、現在は計算化学の日本の中心である大きな研究所を組織し、若くしてその拠点長として活躍されている。

我が国の研究費のシステムも、やり方さえ間違えなければこうした世界に誇ることができる大きな成果と人材を生むことが可能である。前田博士は今後ノーベル賞候補になることは間違いないと思う。逆問題がいかに人類に大切かをご理解いただけたと思う。

さて、従来のマテリアルや医薬品開発の物質を作る研究は、全て試行錯誤で行ってきた。可能性があると考える物質を数百や数千も作り、そのうちベストの結果を与える物質を採用する。しかし、この手法は基本的には偶然に支配されていた。なぜなら、最初のスクリーニングの選択はほとんどが技術者のカンに頼っていたからである。

本当にベストかどうかは誰も知らない。特に医薬品開発はこうした偶然の幸運を狙ったものだ。最も信頼できる医薬品と言われる抗生物質も単に黴が作り出したもので、本当に菌を殺す上でベストかと言われると、首をかしげる化学者は多い。そう考えると、従来の物質を作る学問は実は全て偶然に支配されてきた。これを根底から覆すのが新しい計算化学だと言って良い。ものを作る科学技術の大革命と言って良い。

## 「入口」と「出口」を間違えている

自らの研究の結果、得られた成果をなんとか役立てたいと思い、企業に使っていただけないかと探す行為を大学ではよく目にする。特にマテリアルの分野ではこの傾向は多いと感じる。しかし、残念ながらこうした研究の手法が本当に世の中に役立つ製品にまで成長することは極めて珍しい。以前、大学の研究成果を社会に役立てるため、TLOの組織（通商産業省の作った大学の技術移転組織）が我が国の各大学で相次いで設立された。今では、この技術移転プロジェクトは必ずしも成功しなかったと言われ、その成功率は1万件に1件とも言われている。なぜだろうか。

先にも述べたが、応用研究の課題は「入口」であって「出口」ではない。「入口」で、あ

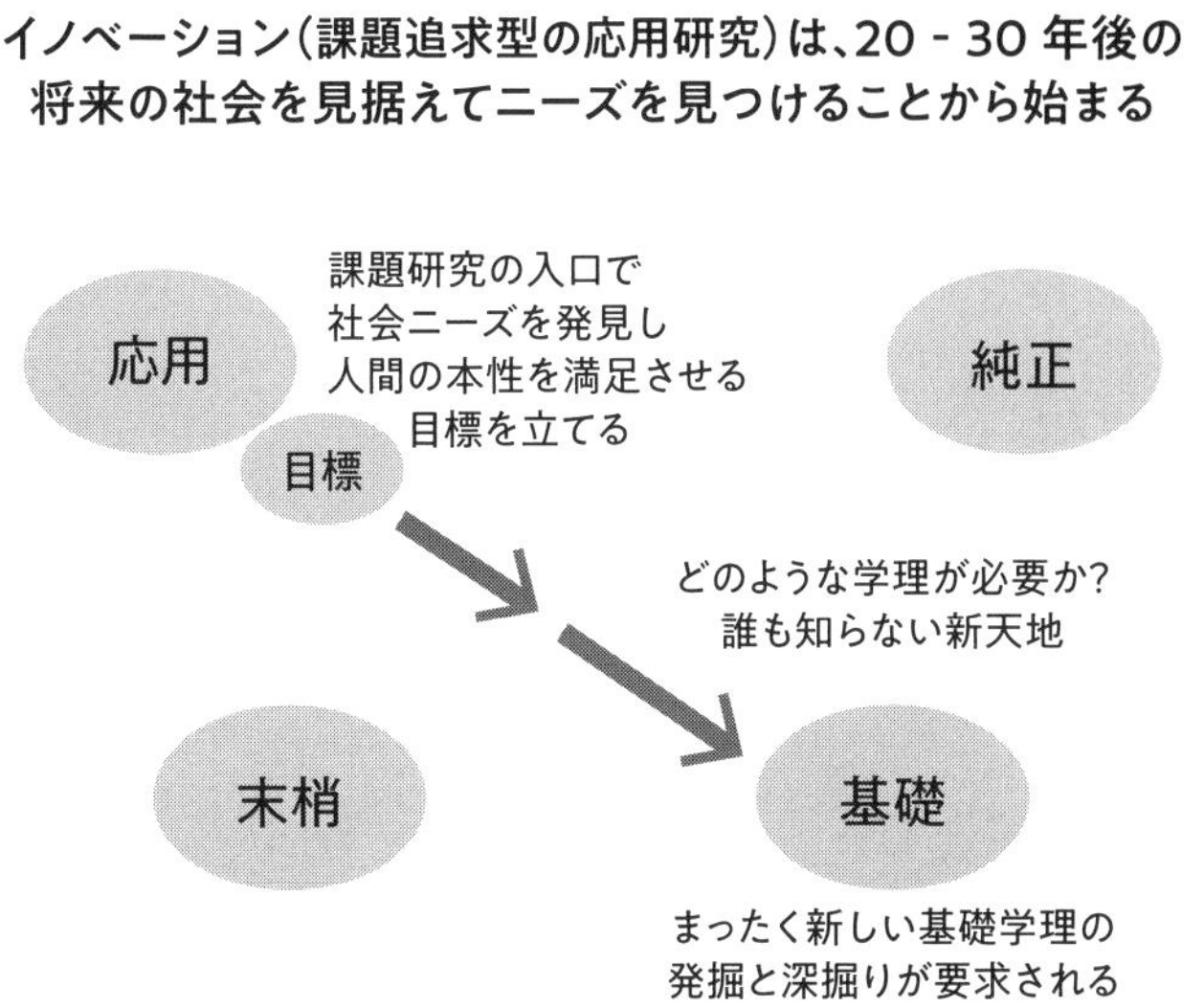
イノベーション(課題追求型の応用研究)は、20 - 30 年後の
将来の社会を見据えてニーズを見つけることから始まる
課題研究の入口で
社会ニーズを発見し
人間の本性を満足させる
目標を立てる
応用
目標
純正
どのような学理が必要か?
誰も知らない新天地
末梢
基礎
まったく新しい基礎学理の
発掘と深掘りが要求される

図５

らかじめどのように社会に役立つことをするか、考えなければならない。

つまり、これまでのほとんどの大学人の手法は「入口」と「出口」を取り違えてきたのである。できあがった成果を「出口」で無理やり社会的有用性と結びつけようとする。これでは結果が出ないのは当たり前である。本来は最初に、目標を目指してどのような研究をしたら良いかを考えるのが、正しい道である。

研究を進めると、今まで考えたこともない新鮮な別の課題が誕生してくる。自分の研究分野を離れ、全く分野外の勉強もしなければならなくなる。こうして、その課題に即した新しい基礎の学理を世界で初めて作り上げる。その課題に対する深掘りのプロセスこそが基礎研究と言える。そうなると、基礎研究は「結果」であって、出発点ではないことに気付く。そして、研究を開始すると何が出てくるかわからないという基礎研究の発掘は、研究者にとって本当に打ち込める、また、とても楽しい研究となる。

さて、その応用研究の課題だが、決して科学技術の用語を使った課題であってはならない。応用研究の科学技術は社会のためにあるので、科学技術そのものが目標ではないはずである。そして、目標は社会に役立つものを分かり易い日本語で表現したものであるべきだ。科学技術はあくまで裏方になる必要がある。したがって、学術用語を使った課題はあってはならない。

NEC会長の遠藤信博氏は、こう述べている。

「科学技術者は自分が開発した技術を何に活用するかを考えるという、出口を探すのは悪い癖である。しかも、こうした出口は市場で『見えている欲求』を満たすだけでは、他の技術に直ぐに追い抜かれる。人間の本質的な要求を探す必要がある。見えている要求より奥深いところにある『本質的な人間社会の欲求を満たすニーズ』は何かを考え抜いて探すべきだ」

誠に至言である。

こうした課題を考えるのは、実は時間のかかる、しかし大切な作業である。特に、専門の科学技術ばかり考えてきた狭い分野の研究者にとっては大変な難問である。研究者から人間に戻って考えなければならないからだ。当然、学術用語は使ってはいけない。

この課題の発案にはいくら時間を使ってもいい。極端に言えば、数年かかってもいい。もし誤った目標で数年の研究時間が無駄になることを考えれば、この課題を考える数年は決して無駄な時間ではないと言える。

この目標から考える手法は、何も科学技術だけに使えるコツではない。この考え方は人間が営む全ての仕事や行為に必要な方法である。いつもやっていることが、ある日、なんとなくおかしい、また、非能率ではないかと考えることがある。そのときこそ、新たな目標を立ててその目標を達成するために必要なことを調べ、それを現実のものとしてゆく。これをいつもやっていると、その人は人生の達人になれると思う。

課題追求型研究の課題を考えることは研究者に与えられた特権であり、また研究を開始した後には課題に沿った研究の遂行は研究者にとって最上の醍醐味だと思う。

野依良治先生は20年後や30年後の大学に、数学、物理、化学、生物などの学問領域はなくなるだろうと予想されている。至言である。

今後はこうした既存の学問の間に発生する新しい学問領域が次々と出来上がってくるだろう。例えば、化学と生物の間に化学生物学ができたのは記憶に新しい。極限まで多様性を追求する姿勢がこうした新しい分野を無数に発生させる。そうなると、化学や物理など旧来の学問を人生の目標とする研究スタンスでは、若者が将来を見失うことになる。もはや、現存の学問自体を生涯の目標とすることはなくなるだろう。

もちろん、生物や化学という学問はなくなっても、具体的な目標としての生物や化学の課題は生き残る。研究者が研究の入口として、現存する学問ではなく、社会に直接結びつく生きた課題をあげるのは、今後、自然なことになる。

例えば、人間社会に役立ちたいなら、医療の新しい技術を目標にすることがあってもいい。また、純正研究では、全く新しい生物の謎を解明することでも良い。その目標を突き詰め、成就するために必要となる道具としての学問は、生物や化学や物理、あるいは数学や経済学になるかもしれない。そうした目標に沿って学んだ学問は旧来の学問とはほとんど違うと感じられるはずだ。

目標や夢を実現するために入り込んでゆくことで創造する自分自身の新しい基礎学問こ

そが未来の社会では大切であり、結果的には未来の学問の発展に繫がってゆく。

## 「アナリシス」と「シンセシス」

これまで述べてきたように、課題追求型の研究では入口となる課題は人間社会に何らかの良い影響を与えるものでなければならない。しかし、純正研究ではそうした社会に貢献する課題は必要ない。基本的には研究者自身の夢で良い。

しかし前に述べたように、今日では純正研究でも研究の開始には課題を掲げるべきである。社会に直接役立つ目標ではなくても、純正研究として研究者の夢、つまり人類の知の探求や美の創造を目標とする課題を掲げるべきなのだ。

すなわち、課題追求型の応用研究が人間の基本的な欲求を何らかの形で満足させる目標を掲げるのに対して、純正研究の掲げるべき目標は研究者の夢や人間の夢ということである。それには人類が最初に見出した学問の原点である「わかること」や「つくること」を目標として掲げるだけで良い。

すなわち、「基礎研究とは自然またはその他の現象を、より良く理解または予測し、新物質を創造するための科学的理論を調べること」であるが、このうち「自然またはその他の現象を、より良く理解または予測し、創造する」までが、純正研究の目標だろう。そうして、目標に沿って深掘りして科学的理論を見つけることが、純正研究に向けた基礎に相当する。

したがって、その目標は必ずしも人間社会に直接貢献する必要はない。「わかること」は直近の利益には結びつかないし、美しいだけのものを設計し、「つくること」も、社会の利益に直結はしないだろう。

さて、純正研究の夢とはどのような夢だろうか。私はそれには二種類の夢があっていいと思っている。一つはわかる夢、いま一つはつくる夢である。わかることとつくることは英語で「アナリシス（分析）」と「シンセシス（創成）」と言われている。遠くギリシャ時代のプラトンとアリストテレスがそれぞれの代表者である。

プラトンは、全世界はどういう元素でできているのかを考え、アリストテレスは紫貝の紫の色素の再現に興味があったと言われている。プラトン流は世界の源流までさかのぼって考えるのに対して、アリストテレスはそうした形而上学的な考えではなく、明日に役立つ研究こそ人間が考えるべきことだと主張している。この二つの学者の物の考え方の違いは、実は人間本来の性格の違いではないだろうか。そして、純正研究でもその目標となる夢にはこの二種類があると思う。

もう少し詳しく、わかる科学とつくる科学との違いを述べてみよう。

代数は近代数学の源流と言って良いが、正確な論理を良しとして、根本的な定理の証明を基にして、永遠不変の系統だった数学を作ることを目標としている。そしてこれは「わかる作業」である。わかる作業はハードサイエンスと言われ、物質世界の永遠に不変の型を探す。

一方、幾何学は古くバビロニアを源流としており、この学問の特色は創造力を働かして自然現象を理解することを目標とし、そのためには理論の正当性や正確さは必ずしも問題としなかった。源流に洪水が起こり、土地の境界がわからなくなったときに、いかにして元に戻すための測量をするかということから始まっている。これは「つくる作業」といって良い。つくる作業はソフトサイエンスと言われ、右脳のパターンの感じ取り、直感の領域である。理論の正確さや正当性は二の次とされ、実験データの理解に自分だけの数学を立案してもいいとさえ言う。

## 「自分の夢」が目標になる純正研究

このようにアナリシスとシンセシスは人間の本来持っている二つのパターンだと言える。私は以前から、文系か理系かと高校生の志望を分けるより、アナリシスとシンセシスで分ける方が、将来幸せになれると思っている。自分の好きでない考え方で一生を過ごしてゆかなければならないのは悲惨だろう。

この区分は科学技術にとどまらず、文科系の学問にもある。例えば、法律を作る作業はシンセシスの作業である。作る人によって、答えは百人百様になる。一方ではその法律で人を裁く裁判官の仕事はアナリシスかもしれない。この場合には答えはたった一つである。

アテナイの学堂（ラファエロ）。プラトンとアリストテレスと言われている

例えば有罪ならこれで決まりで、シンセシスのように百様あるのは困る。

別の例だと、家を作る建築の仕事はつくる作業だろう。一軒一軒全て違った家になるわけである。一方では洪水の仕組みを考え、これに対処する土木はわかる学問で、答えは一つになる。すなわち、世の中の様々な仕事はこの二つに分かれてくることに気付く。

さて、純正研究に話が戻るが、直近の例で見てみよう。

パイロットインキ社の研究者でフリクションインキ（温度変化によって色が変わるインキ）の開発者である千賀邦行氏は秋になると一夜にして紅葉に変わ

る木の葉の不思議さに魅了され、その色素を作ってみようと考えたと言われている。また、中部大学の黒田玲子先生は、受精卵の形の違いによって遺伝子の働きが変化することを発見したが、最初は右利きと左利きの人ができるのはなぜだろうと考えたそうである。それぞれ、つくること、わかることに目標があった。どちらも、純正研究の目標だと思う。とてもできるはずがないと人に笑われるほどの夢こそ本物であり、これなくしては人間の学問は成り立たない。

応用研究では目標に向かって深掘りする基礎が必要だと述べた。どんな学問が必要かは掘ってみないとわからない。これは純正研究でも同じことが言える。

純正研究でも夢の実現に向けて深掘りしなければならない。どんな学問が必要かは、やってみないとわからないのは課題追求型研究の基礎と同じである。だからこそ、応用研究でも純正研究でも基礎の発掘が一番大切な研究であり、基礎は結論と言える。

こうした一見お金に関係のない純正研究も、もし実用化に成功すれば、あっという間に破壊的イノベーションに変身して、巨万の富を生む。そういう意味では課題追求型の研究とは一味違った研究ではあるが、どちらの研究も、国の明日を作るには必要なのである。パイロットのフリクションボールペンはある意味では破壊的イノベーションと言って良い。

「つくる」というシンセシスの作業も、社会に直結する問題を題材にする場合には、課題追求型の研究になるが、そうしたものを目標にしない「つくる作業」は純正研究に相当するのである。純正研究は役に立たないものを「つくる」のでもいいわけだ。

ちなみに、わかるサイエンスには、「知る」という言葉と、「識る」という言葉がある。前者は単に情報を知ることに対して、後者は心に響くように知ることを意味している。また、つくるサイエンスも、「作る」という言葉と、「創る」という言葉がある。前者が単に処方に従って作るのに対して、後者は創造性やオリジナリティが要求される。日本語はこうした違いを厳密に表現しているのが素晴らしい。

私たちの化学の分野でも、分析化学を中心とするアナリシスと有機化学を中心とするシンセシスがあり、普通はそれぞれに所属する教官同士はあまり仲良くない。教室会議でも２派に分かれて、抗争していることが多い。最初は自分の大学だけかと思っていたが、その後、世界的な現象だとわかった。この仲の悪さはそれぞれの学問の出自から来るのだろう。

# ハイルマイヤーの質問に答えよ

応用研究ではハイルマイヤー（1970年代のアメリカ国防高等研究計画局長）の質問に答えることは大変に重要なことだろう。

とても厳しい質問に驚かれることと思う。

【ハイルマイヤーの質問】

1、何を達成しようとしているのか？　専門用語を一切使用せずに当該プロジェクトの目的を説明せよ

2、今日どのような方法で実践されているのか、また現在の実践の限界は何か？

3、当該アプローチの何が新しいのか、どうしてそれが成功すると思うのか？

4、誰のためになるか？

5、成功した場合、どういった変化を期待できるのか？

6、リスクとリターンは何か？
7、どのくらいのコストがかかるか？
8、どれほどの期間が必要か？
9、成功に向けた進展を確認するための中間及び最終の評価方法は何か？

これらの質問の全てに、きちんと答えることのできないベンチャーには投資してはいけないと言われている。

私は応用―基礎の課題追求型の研究を始めたいと思っている研究者は、こうしたアメリカ式の厳しい質問に真正面から向き合い、これらの質問にきちんと答えてゆくべく、理論武装すべきであると思っている。結果的には、それによって骨太の研究ができる。

「象牙の塔」に籠っていては、課題追求型研究は決してできない。

一般に我が国の研究者の中では、研究とは聖域であり、事情を知らない人は口出しすべきでないという意見が多い。しかし、私はそうではないと思う。

もし完全に自分の資金だけで研究する場合は、こうした自分を中心とした閉ざされたスタンスで問題ないと思うが、国のお金や、企業からのお金で運営する場合には、こうした従来の狭い考え方は改めなければならない。まして、我が国のような内向型集団社会では、提供された資金は大切に使うことを社会から期待されているのだ。

## ノーベル賞学者でも基礎研究を誤解

すでに述べたように、応用研究や純正研究では、最初に目標を決める必要がある。特に応用研究では目標が非常に大切であり、これによってプロジェクトの成否が決まると言って良い。目標は科学技術の課題ではなく、人間生活に密着した目標でなければならない。また、純正研究では自らの夢を目標にすればいい。

目標が決まれば、その目標に対して、どのようなアプローチをするかを考える。応用でも純正でも同じプロセスになる。その際には自分の専門分野はいったん忘れるのがいい。全く白紙の状態になって、目標を達成するには何が不足かを考える。

そうすると目標に向けて、課題を解くのに必要な科学技術が自然に浮かんでくる。それはたとえ自分の専門分野でなくても良い。むしろ、自分の専門でない方がいい。それをまっさらな気持ちで勉強できるからである。その研究が終わる頃にはまた、新しい学問を勉強する必要が見えてくる。このように、次々と学問のページをめくってゆくと、最初に予想していたものとは全く違った方向に研究が進んでいくのがわかる。

このような一連の探求の作業を基礎研究という。基礎研究とは言わば探検旅行のようなものであって、その旅の途上でどのような出会いがあるのかワクワクする。これこそ科学技術の本来の楽しさである。

したがって、基礎研究とは後から芽生えてくるものであって、決して初めから存在する学問領域ではない。また、普通はこうして発掘して得た基礎研究は基本的にはすでに存在している学理とは違い、目標に沿った新しい学理であるのが普通である。基礎研究とは「出口」であって、決して「入口」ではない。あるいは「結果」であり、「結論」だと言える。たくさんの人がこれを誤解しているのが大変残念である。

純正研究や応用研究には潤沢な研究資金を出すべきである。そして、末梢研究に資金を提供するのは控えるべきである。残念ながら、我が国の末梢研究に流れる資金は非常に大きな金額となっており、現在使われている研究費の大半と言って良い。

マスコミで話題になっている「基礎研究に資金を提供すべき」だとか、「基礎研究を振興すべき」だという意見は、実体のないものに資金を提供するという、本当は大変おかしな議論である。これはノーベル賞学者でも誤解している場合がある。資金を提供すべきはあくまで応用研究か、純正研究である。そこで使われる資金が、結果的に基礎研究としての出費になる。ただし、研究の動向によって、基礎研究への資金は大きな金額になったり、少ない金額でも良かったりする。あらかじめ算定するのは難しいのである。

それでも、基礎研究は国の将来を支える大きな柱となる。

課題追求型の応用研究でも、また純正研究でも、基礎研究なしに国の将来はないと言って良い。

特に純正研究から発展した基礎研究は、将来の経済の動向を決定する破壊的イノベーションの種になる可能性のあるものが多い。こうした応用—基礎研究、純正—基礎研究をどれほど国がサポートしているかが、その国の将来の発展を占う指標となる。応用研究や純正研究から発展した基礎研究の重要性は多くの学者が何度も指摘しているが、いまだに十分な支援があるとは思えない。

また、いくら巨額の支援があっても、本当に大切な純正研究や応用研究に研究費が配布されるかとなると、必ずしも楽観できない。なぜなら、これには「伯楽」のような将来を見据えた審査官の確かな眼力が必要であるが、我が国ではこうした審査官の養成に十分に成功しているとは思えないからである。高名な研究者であっても、大きな視野を持っているとは限らない。むしろ無名の研究者でも、新しい分野を開いた人や、これまでに全くなかった現象の発見や発明をした人にこそ、審査官をお願いすべきだろう。

研究の目標に関して言えば、社会が受け入れやすいポピュリズムの目標を安易に導入している風潮も非常に多くなっている。こうした安易なプロジェクト目標はともすれば政治ポピュリズムに流されやすい。「どこでもドア」の向こうには何もないし、犬が歩いても棒には当たらない。空想的で、しっかりとした市場が期待できない、また学問的な背景のない分野ではいくら投資しても発展はない。

科学技術の素養のない人、広い視野のない審査官が就任する場合には、こうしたとんでもない結果になる場合が非常に多い。

## 日本人はハードサイエンスが得意

ハードサイエンスとソフトサイエンスという用語は、前にアナリシスとシンセシスの違いの説明に用いたが、ここでは少し違った風に使ってみる。

一般には、つくる科学のシンセシスはソフトサイエンスと言われ、わかる科学のアナリシスはハードサイエンスと言われてきた。私は実体のある物質を対象にするハードサイエンスに対して、情報科学のように実体がない学問をソフトサイエンスと言っている。現在はどちらかと言えば、ソフトサイエンスの領域が急速に広がる一方で、ソフトサイエンスの一部がハードサイエンスに徐々に移行しているように見受けられる。

ハードサイエンスは従前の科学を発展させたものだが、依然として従来の発展の基盤となる学問領域を守っている科学である。それに対して、ソフトサイエンスはどちらかと言えば技術的な側面を持ち、情報を中心として21世紀に入ってから進展した新領域が入る新しい学問領域である。いわゆるＡＩの領域もそれに含まれる。

**内向型と外向型　民族性の違いと志向する方向**

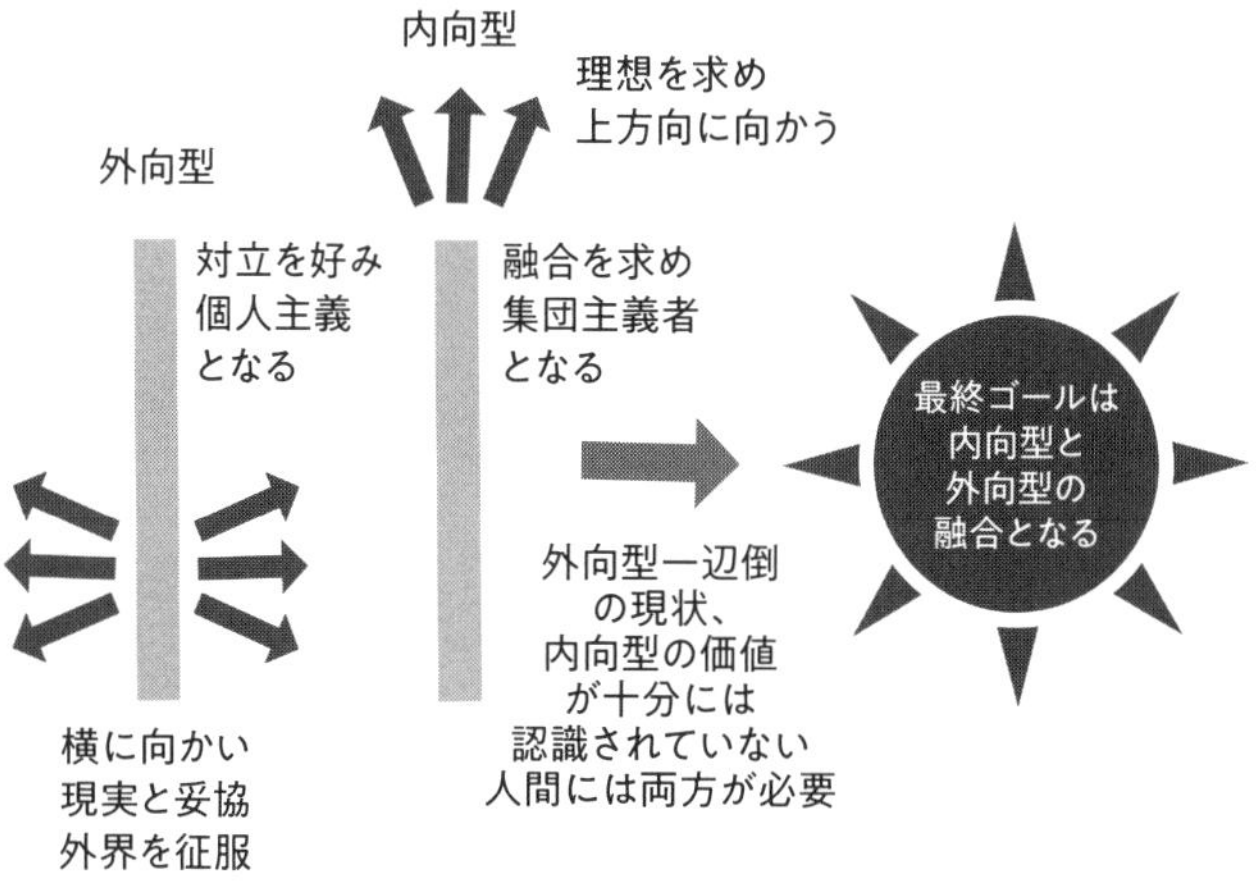


図6

この両者がバランスをとって発展してゆくのが理想だが、人間社会の未来に向けた要求から、今世紀に入ってからは、ソフトサイエンスがどちらかと言えば前面に出てくる傾向が強い。ソフトサイエンスは人間生活に明日にでも関与するものが多く、社会が受け入れやすい。確かに、世の中を便利にするには直近のソフトサイエンスによるところが多い。現在大流行のポピュリズム的な技術課題は、そのほとんどがソフトサイエンスの範疇に収まる。

一方で、ハードサイエンスには地味だが世の中を変える力がある。つまり、ゲーム・チェンジを起こし、破壊的イノベーションを実現できるのは、純正研究から発展したハードサイエンスが主役になる場合が非常に多い。

私たちは、人間生活を根本的に変えてゆくことができ、経済をすっかり変えることのできるハードサイエンスをもっと大切にしなければならない。どんどん便利になり、どんどん簡単になるだけで、人は本当に幸せになるのだろうか。

夢のようなポピュリズムでは明日を開くことは不可能である。漫画の世界の「どこでもドア」が現実にあると思うのは、どこかおかしい。こうしたソフトサイエンスの夢は、間違うとポピュリズムの目標になってしまう。現実を見据えながら、地に足のついたゲーム・チェンジの破壊的イノベーションを拓くことこそ大切だ。

さて、ソフトサイエンスである様々な情報産業等は、横に展開することが得意な外向型民族が最も適している。確かに、米国や中国、あるいは韓国にすら、我が国はソフトサイエンスで遅れを取っている。中国や韓国の大学は我が国より遅く発足したが、米国風の研究組織をいち早く取り入れることで大成功している。

一方、我が国ではポピュリズム的な科学技術のプロジェクトもほとんど成功していないし、今後も悲観的である。我が国はソフトサイエンスを離れ、一度得意なハードサイエンスに戻って、ハードサイエンスでソフトサイエンスにどんな貢献ができるかを考えることが大変重要だろう。場合によっては、逆転する鍵がわかるかもしれない。

# 第8章　平均点社会からイノベーションは生まれない

## 「平均点万能」からの脱却を

革新的な研究を行う「千人に一人」の人を育てるのはそう簡単ではない。若い年代から壮年期に至るまでシームレスに育てるシステムが欲しいものだ。

まず最初に、小学校や中学校から始める創造性育成が必要である。私の分野で言えば、子供達に化学の面白さを教えるための楽しい実験のイベントが、各地で毎日のように開かれている。サイエンスの興味の入口となる大切な仕組みである。

私は、小学校のときから化学が好きで化学の本を読み、簡単な実験をしていたし、中学や高校では化学クラブに入って学校の実験室に入り浸りの生活であった。実験室の試薬棚のどこにどの試薬があるかまで暗記していた。灘高校に在学したときには、大学で使われていた有機化学の英語のぶ厚い教科書を自分で探して入手し、ほぼ読み終わっていた。

最近、その高校（灘高）から講演を頼まれたが、私を招きたい理由を書いてきた高校2年生の生徒の手紙を読んで仰天した。Ａ４の用紙数ページにわたり、大学院生かと思うほどのレベルだった。なんとアメリカ化学会の研究資金の流れまで話題にしてきたのだ。

こうした楽しみな若者を一人でも多く育て上げるために、大学では彼らの興味の炎を抑えないことが大切である。

我が国の大学入試は基本的にはペーパーテストで決定される。海外ではむしろ推薦状が大きな役割を果たす。日本では平均点の高い人が、才能のある人という社会的な評価が一般的である。しかし、入試制度の改革は、記憶力テストから脱却して思考力で判断するべきである。また、社会の中でのその人への信頼度や、人格で評価して欲しい。できればペーパーテストの「平均点万能」からの脱却を目指して欲しいものである。

以前、ある大会社の人事部長さんとお話しする機会があった。その方は面接のときの印象で入社志望の学生の最終決定をするそうである。その際、面接では必ず「あなたのこれまでの人生は、とても幸運に恵まれたものでしたか、それともアンラッキーなことが多かったですか」と聞くという。そして、「自分はこれまで幸運に恵まれた」と言った人でないと、採用しなかったそうである。

また、松下幸之助さんも、入社面接では、ほとんど同じ質問をしたとも書かれている。

やはり、「自分は幸運に恵まれた」と言える人にしか、幸運の女神は微笑まないのだろう。

ポジティブな人柄がいかに人生に大切な要素であるかを教えていただいた。

さて、大学の卒業生をいかに査定するのかは、企業にとって極めて重要な入社プロセスである。残念なのは、企業の人事の責任者のほとんどが文系の出身者で占められていることだと言える。彼らは、理系の研究者の発想を、十分には理解していないことが多い。

文系の学生やスタッフの選定はそれで十分だが、理系ではその常識が当てはまらない。そのために、文系の彼らの常識から判断し、彼らが有能と思う人を高く評価しがちな状況は問題である。これでは、場合によっては、大変な見当違いが起こる。すなわち、理系の研究者は平均点の高い人が必ずしも入社後、活躍できるとは限らないということだ。むしろ逆であり、たとえ平均点は低くても、一芸に秀でており、時に素晴らしいゲーム・チェンジができる人こそ理系の研究者としては重要な人材なのである。

文系でも、本当は異能の人の方が企業にとっては重要だと思うが、そんな人も平均点では落とされてしまうだろう。

## 「映像記憶」だけでは成功しない

映像記憶と言われている能力がある。一瞬で写真のように見たものを記憶することができる能力である。中学校の折の苦い思い出と重なるが、幼い頃に秀才と言われていた人の多くは、この能力を持っている場合が多い。この能力のおかげで、学校で学ぶ様々な学科の平均点は非常に高くなるのが普通だ。大学入試にも、力を発揮する。

しかし、この能力は人間にだけある能力ではなく、動物一般に広く知られている能力であるらしいことを教えてもらった。

例えば、有名なチンパンジーのアイちゃんは素晴らしい映像記憶を持っている。1から9までの数字が書いてある場所と数字を一瞬で記憶できるのだ。聞くと、こうした能力は人間もずっと太古の昔には持っていたが、外界からの攻撃の危険性がなくなった時点で、この機能が必要なくなり、徐々に退化していったそうだ。

すなわち、樹上生活をしていた頃には、いつ様々な動物に襲われるかわからない。また、上からでも、下からでも、あるいは左右からでも、景色を捉えて自分の位置を正確に知らなければいけない。未だにそうした能力を持っている人は、そうした原始人の残り香であるという。人間は洞窟や地上での生活が始まり、いつしかそうした能力は急速に退化していったというのである。

さて、私の知る限りではそうした映像記憶を持つ人だけが、必ずしも人生で成功しているわけではないようだ。もちろん、人の名前や誕生日まで覚えることができれば、心に残る人付き合いができるが、それがすぐに人生の成功の鍵となるかは別問題であり、成功するには、他の様々な要素が必要だろう。子供の頃にはこうした能力を持った友達が本当に羨ましかったが、その気持ちはいつの間にかなくなった。やはり、一番重要な能力は創造性だと思うようになった。

平均点だけで判断する社会は、こうした映像記憶の達人には都合がいいと思うが、必ずしも、人柄や、その人の大きさ、優しさ、創造性などの尺度とはならないだろう。

問題の答えを出すことには習熟しても、問題そのものを作り上げる能力とは全く違う。こうした課題作成能力は創造力の賜物であり、これを育成することこそ、次世代の指導者を作ることになる。

アメリカの大学入試は全国一斉テストの結果は報告させるが、推薦状が非常に重要である。推薦状はその学生の生活をよく知っている人にお願いするが、そこからは比較的簡単に本人像が見えてくる。人柄や賢さ、また人を引きつける能力、統率能力など、平均点ではわからない本人像が浮かび上がってくる。

我が国はますます平均点だけで判断する社会になっていると感じる。しかし、平均点では、世界を動かすほどのイノベーションの誕生は決して期待できない。平均点重視の社会を脱し、特異な才能、異能を大切に考える社会を作るべきである。

異能の人たちを優遇しなければ、新しいイノベーションは誕生しないし、企業も長く生き続けられない。本質を見抜ける、また深く考える人を採用しなければ、その企業に明日はない。私は本当に優秀で、異彩ある、尖った大学院博士課程修了者が大きな企業で活躍し、我が国の明日を作って欲しいと願っている。

## 多様性こそ科学技術の肥やし

日本のタコ壷型の教育では多様性が生まれにくいと言われている。

そこで、米国の教育を考えてみよう。

有名な話であるが、アメリカの家庭では子供が大学に進学するときに、親はコンパスと地図を使うという。自宅を中心にして半径１００マイルの円を描き、「この円の外の大学なら、どこの大学へ行ってもいいよ」と言うそうである。新しい土地に行って、新しい学問を学ぶというアメリカの変わらない人生観が見える。

さらに、大学院は決して同じ大学のものを選ばない。また、博士研究員になるときも、新しいまっさらなプロジェクトを選ぶ。米国の99％の研究者は、このようにして二度三度と新しい科学技術を選ぶことで、多様性が身につく。それまでに学んだ学問は自分の将来の研究の肥やしであって、決して自分の将来の研究テーマではないと考えている。

こうした若者が絶え間なく社会に提供されることで、学問が刷新され、新分野が次々と生まれる。我が国の若者の能力は、決してアメリカの若者たちの能力に劣っているとは思わないが、この多様性ある経験に関しては、大幅に劣っていると言わざるを得ない。

研究を進めるにあたっても、新しい側面を次々と開いてゆくことで研究は育ってゆく。研究の展開に多様性は欠かすことのできない要素になる。同じことの繰り返しでは、ゲーム・チェンジができない。機会を見つけて、積極的に講演会や様々な勉強会に参加することで、初めて研究は育ってゆく。様々なものの考え方を別の分野から盗もうとしなければ分野は発展しない。

例えば共同研究では、手持ちの自分の知識を出しておいて、協力を頼んだ方がそれを活用すればいいという考えの人が多い。が、これは間違いである。共同研究を行う以上は、その共通の目標と役割を明確にしなければならない。また、知識を出すだけでなく、新しい苦労をして、その共通の目標を達成するために一肌脱がなければならないのである。

数年前、尊敬するノーベル賞化学者のホフマン教授のドイツの学会での講演を聞く機会があった。タイトルは「同じは同じではない」という謎解きのようなタイトルである。

講演の中の実例にこんなものがあった。50名の男性だけのグループと25名の男性と25名の女性の混成グループを作り、架空の株の売買を1年間やってもらう。その1年後の利益を比較すると、男性と女性の混成グループの方が男性だけのグループよりはるかに利益を上げたという。

そしてホフマン教授は最後の結論で、「ヨーロッパやアメリカで受け入れている１００万人単位の大量の移民は、たとえ直近にはその国への大きな経済的な負担になったとしても、20～30年後にはその国に対して信じられないほどの大きな貢献をすることになる」と予言された。講演の後の聴衆の鳴り止まないスタンディング・オベーションを見て、ヨーロッパの人たちの多様性に対する見識を改めて見直した。

また、米国社会には、親が子に多額の遺産を残すことは、結果的にはその子の将来に向けての大きな可能性を摘み取るという考えが根底にある。「その子の多様な人生の開拓に決して有益ではない」ため、子供達に遺産を残すことを嫌い、社会の様々な活動に寄付を行う。これが、米国の多様な社会活動がうまく機能するための潤滑油となっている。例えば、これなしには米国の大学の存続はないと言って良いくらいである。

親や先生から見える幸せな道は、その子にとっての「もっとすごいこと」に踏み出す力を奪っている。年寄りは保守的になり、そうしたわずかな成功の可能性の存在を認めたがらない。人は皆、大きな可能性を持っているのだから、それを大切にすることこそが先生や親の役割ではないだろうか。

すでに述べたように、外向型の民族は攻撃的であり、基本的には横への展開をすることが宿命で、それが大変に上手である。多様性獲得とは横への展開そのものである。上への展開が目標の民族性を持つ我が国が最も不得意とするところだが、これに関しては意識して努力すれば乗り越えられると思う。

## かっこいい大学の先生が消えた

最近の大学の先生は後ろ姿が寂しいとよく言われる。確かに私が京都大学に在学していたときには何人もの名物教授がおられ、それなりに影響も受けたし、憧れもした。

有機化学の先生であったが、我々にお金の使い方を教えてくれた先生がいた。その先生は「君たちはまだわからないだろうが、お金は風のようなものだ」と言われた。部屋に窓が二つあって、両方の窓が開いていると風が吹き込み、また出て行き心地よい。お金もそんなもので、「入る窓と出る窓の両方が開いていることが大切だ」と言われる。面白い例えだと思ったが、奥さんは大変だろうとも思った。

また、別の分析化学の先生は毎回の講義の前に必ずガラス瓶に入った固体や液体を持ってきて、皆に回覧させる。小さな紙に何グラムか、何ccか、重量や容量を書けという。それを集めて、次の講義のときに実際の量に一番近い値を書いた学生に何か賞品を渡す。私たちは、いつの間にか、ものの量を自分で感じるとることができるようになった。量の感覚を自分のものにすることは分析化学ではとても大切である。大学教官の、教育や研究でのこうした余裕はいつの間にか消えてしまったように感じる。

また、年配の別の先生は昔話だけれど、「御者がいてこそ、大学教授だ」と言われていた。つまり馬車と御者を昔の教授は必ず持つことができた。今でいうと、運転手付きの公用車があった。また、研究費とほぼ同額の報告のいらない機密費がもらえたとも言われた。

確かに、企業の経営者には社用車があるが、大学の教授には公用車がない。なぜだろう。昔、大学といえば従来の国立一期校だけで、それぞれの大学の教官数も現在の10分の1もいなかっただろう。その後、大学が増え、国立大学は全部で100校近い。すなわち、低く見積もっても１０００倍以上に大学教官の存在は薄まっているのである。大学の先生の地位が見る影もなくなったのもよくわかる。

その先生の広大な京都下鴨の邸宅の庭には、先生のお気に入りの超大型の電車が走っていた。人が何人か乗れる。そのために、わざわざ２００ボルトの電源を自宅に入れていた。アメリカやヨーロッパの教授の給料は主任教授以外誰も知らない。人によって数倍の違いがあることも珍しくない。アメリカでは、どの大学も看板教授が欲しい。そのためにいくらでも給与を上げてゆく。

ある大学の先生は、雇用条件で、その先生が在籍する限り、その大学が今後雇い入れるどの人より高額の給与を支払うことを約束させていた。また、若くして有名になった先生は、某有名大学にスカウトされるときに、自分は毎日キャンパスをジョギングする必要があるから、その後のためのシャワー室と休憩室を教授室の隣に作って欲しいと要求した。あるいは、ドイツの先生は、ドラムが大好きなので、完全な防音室を作って欲しいと要求したのである。

これらは、極端な例ではあるが、大学教授の給与や処遇は、やはりその先生の教育や研究の能力に見合うことも必要ではないだろうか。日本では大学の教官全員の給与の詳細は誰でも表を見ればすぐにわかるのである。これではなかなか「看板教授」というものが日本では実現しない。

本当に「大学の看板」になれる教官はアメリカでもそれほどはいない。しかし、こうした有名な大学の看板教官を目指して、高校生がその大学を目指す。昔の遣隋使や遣唐使は生還率が一割に満たなかったという。昔の日本人は生存率がわずか10分の1の危険を承知の上で、平気で中国へ留学をした。本当の世界的研究拠点（Center of Excellence）が日本に生まれるには、こうした「看板教授」がいてこそではないだろうか。

## 縮小コピーの研究室が増えている

我が国の大学教授は、一般的に一つの分野を専門とし、その大学でその分野を責任を持って継承してゆくことが期待されている。このため、日本ではそれぞれの大学が「幕の内弁当」のように全ての学問分野にわたって様々な味の科学技術を満遍なく楽しめるようになっている。明治の初期に東京にあった数少ない大学は、日本人全てのために、また、新しい社会を作り上げるために、しっかりと全分野をカバーしなければならないという歴史的な要請を受けたものだ。これは短期間に一気に欧米に追いつくための明治政府の手法であったが、現在ではその必要性は疑問である。

今では状況は一変した。日本には非常に多くの大学がある。全部の大学が「幕の内弁当」になる必要はもはやない。むしろ現在の我が国の大学に要求されているのは、一つの傑出した、しかもその大学でなければならない独特の分野を作り出すことである。こうすることで、地方大学でも東大に勝てる。

しかし、いまだに旧来の手法を守ってきた日本の大学では、教官が定年になると、その教官の研究分野を専門とする若い教官を探すのが一般的だ。大抵の場合は定年になる教官の弟子たちである。こうして、後継が選ばれることで同じ分野の研究がまた増える。

これは大変な悪循環ではないだろうか。この方法では縮小コピーの研究室がどんどんと増えてゆく。米国やヨーロッパの大学では、こうした日本式の大学の研究室での科学技術の継承はない。海外では、大学教官が定年になると、その大学は研究室を閉じるだけである。新しく赴任する准教授は全く新しい研究を始めることが期待される。

こうすることで、現在の世界の科学技術の要求にしっかりと応えることができる。アメリカでは大学が新しい教官を雇用する場合には、長いプロポーザルを書いてもらい、その内容が世界の水準を超えている場合に雇用を行う。その場合、退官した教官と新任の教官の間には何の関係もない。

以上に挙げた例はアメリカの中でも、本当の超一流大学で見られる手法であることも付け加えたいと思う。その大学で、ハンティングされた新しい若い先生は、自分の研究に一番合う研究グループのシステムを導入してゆく。アメリカでも我が国の講座制に似たシステムを作り上げている先生もたまに見かけるが、その先生が辞めればそれでピリオドとなる。

科学技術とは分野や研究プロジェクトに沿って一律であってはならない。これは、社会の必要に応じて柔軟に対応できるフレキシブルなアメリカの社会が背景にある。これによって、教官が退任する場合に、研究内容が新しい教官に継承される悪弊はなくなる。

## 奨学金留学生に占拠される博士課程

我が国の大学院は、ほとんど危機的である。ヨーロッパやアメリカでは大学院生に基本的には毎月生活給与が与えられる。驚くべきことに、世界では当たり前のこの制度が日本にはない。その代わり大学院の学生に学部学生の面倒を見させるアルバイトをさせる。ＴＡ（ティーチング・アシスタント）やＲＡ（リサーチ・アシスタント）というものだ。日本の大学院ではそのような中途半端な少額の賃金や、競争の激しい奨学資金制度はあるが、前者は少額で生活の足しにしかならないし、後者は取得できる人は少なく、競争的であるので全員が安心できず、また金額も十分とは言えない。

そうした信頼できない制度に基づく生活設計では、生活の安定性を重視する多くの学生が進学を躊躇するのは当たり前である。

私はこの現在の状況を招いたのは、文科省の非常に大きな取り返しのつかない全くの誤りであると思う。生活給がないことで、我が国のノーベル賞級の研究者が育つ機会をほとんどなくしているのである。さらに問題なのは、現在の大学院の博士課程は海外からの留学生に占領されており、しかも彼らは日本政府から潤沢な奨学資金を得ていることだ。不公平で釈然としない。

大学院を終えて一人前の研究者になってからも、独立に向けた教育は続けなければならない。しかし、我が国では古い講座制がいまだに生存しているので、教授の下請けのような行き先のない仕事を強制されられているのが普通である。かつて、流行した研究テーマの寿命が長かったときにはこれでもよかったが、現在では最先端のテーマは日々どんどん変化している。よほどのことがない限り、教授は時代から取り残されている場合が多い。そのため、下請けの若い研究者は、場合によっては時代遅れの、現在では必要ないテーマを研究対象に選ばざるを得なくなり、大変な迷惑となる。若い大切な時間を浪費している。

この時期に一番大切なことは、彼らや彼女達がその後、長く続けていく研究の方法を教えることであると思う。私はこの時期に彼らには少なくとも、今後の自分の研究スタイルは純正研究型なのか、応用研究型なのかだけは決めて欲しいとも思っている。そうでなければ、その後、研究の海で漂流してしまい、年齢を重ねた後で自分はいったい何をしてきたのかと忸怩たる思いをすることになる。

さらには、この若い時期に重要なことは同年輩の競争相手を見つけることである。その点では、アメリカやヨーロッパは恵まれた出会いの環境を作り上げている。

先に述べたが、私たちの大津会議はこの時期の人たちを対象にして日本中からその年のエースを15名程度集めている。集めて一緒の生活をさせるだけでもいいのだ。大切なことは、大きな夢を持ち、自分の大きな絵を描くことである。自分は世界を動かすのだという気概こそが重要である。さらに、そうした大きな夢を持つのが自分だけでなく、他にも多く存在していることを認識することはもっと大切である。

さらに、壮年期になったときには、自分が世界から認められていることを実感することが必要であり、海外に多くの友人を作り上げることも大切である。私は、この壮年期の時期以降は小さな賞でもいいから、毎年何らかの賞を獲得するための挑戦を勧めているが、これによって自らの研究が世界から認められていることを確認し、その後の展開の勇気をもらう。私たちのＭＢＬＡの講演旅行は、世界的なレベルでの出会いを作ることで、この時期の研究者たちの育成を目指し、名古屋メダルはさらにその上のレベルを狙っている。

## 「すごくできる人」と「普通の人」

アメリカの化学が今日の世界の化学の潮流を作り、長い間、世界を先導することに成功してきた大きな理由の一つは、アメリカの若い有能な准教授（assistant professor）の存在なくしては語れないように感じる。

博士課程を終わる頃のアメリカの大学院の若者は「すごくできる人」と「普通の人」に分かれる。とてもストイックな「すごくできる人」は、相当有名な一流大学でも、10人から20人に1人いるかいないかである。しかし、その「すごくできる人」は、人よりも、世界を変える使命感をもち、ものすごく勉強し、世界の潮流を自分こそが切り開く、という意欲に満ち溢れており、自信満々で、会えばすぐにオーラでわかる。そうした人を、トップの大学は欲しがる。

そういう人を「普通の人」と見分けることこそ、大学の教授陣の最も大切な評価能力だろう。そういう若者を手に入れた大学は、得意満面でその研究者の研究が猛烈な速さで成就するよう、最大限の助力を惜しまない。

このようなシステムはドイツやスイスでもみられるが、残念ながら、日本にはこうした若者の「ハンティングから養成まで」のシステムは非常に稀である。

「ハンティング」の素晴らしい成功例は、昔、名古屋大学の平田義正教授（当時）が、京都大学の20歳代の野依良治博士を名古屋大学に大抜擢で招聘した事例だけではないだろうか。残念ながら、そうしたハンティングの実例をほとんど見かけなくなったと感じる。

昔、向山光昭先生が米国にこられたときにお目にかかると、いつも「アメリカの30代のトップリーダーは誰だろうか」と私に聞かれたことを思い出す。当時の向山先生もアメリカの巧妙な仕掛けを肌で感じておられていたようだ。

こうして、一流大学が手に入れたタレントを、大学は育て上げることに非常に熱心である。しかし残念なことに数人に一人はその後、十分には伸びない。そのときに大学はその人に終身雇用契約であるテニュアーを与えずに、別の大学に移動するよう全教官が一致して勧め始める。また、退職を勧めることも稀ではない。これを必要悪だと思っている節がある。そして、しばらく経つとその人は大学から消え、少し下のランクの大学か、あるいは企業に移る。その後、新しい場所で結構成功している人も多い。

こうした退職人事はとても厳しく、日本の社会にこの制度を勧めることに躊躇を感じるが、アメリカ式の良い人を見つけ、トップリーダーを育てるシステムは確かに機能している。

数年前になるが、シカゴ大学でも若手の素晴らしい准教授を獲得した。皆の期待通り、最初は素晴らしい研究成果を次々と発表した。しかし数年後、離婚してからの彼は、全く研究への意欲をなくしてしまった。困ってしまった大学は近隣のそこそこの大学に2~3億円の資金を出し、その資金でシカゴ大学のその研究者を招請するように依頼した。いくらお金がかかっても、そうするのである。研究の意欲をなくした人が大学に存在していることで様々なマイナス面が生じるのだ。

こうしたシームレスの教育システムは大変に重要だが、そのどの段階でも振り落とされる人がいるし、また、途中で新たに参入する人もいる。エース研究者のフレキシブルな出入りを、私たちは許容する必要がある。

## 民族性を直視して大学の変革を

我が国の大学は大学自治を掲げ、大学の独立性を保持することを最優先課題としてきた。もちろん、そのことで我が国の自由な大学が実現した。

しかし、同時にそのことが大学の改革を著しく遅らせている。大学の組織を変えるほどの思い切った施策を行うには、日本の大学の執行部は考えられないほどのエネルギーを必要とする。

米国の場合に例を取って説明する。米国の大学の総長は極めて重要な役職であり、その大学から選ばれることは非常に稀である。総長は専門職と考えられており、研究職にあった教授はそれに相応しくないからである。

総長は成功した様々な有名大学の副総長クラスから招聘されることが多い。そして、その給与は教授の10倍以上であるのが普通である。新たに赴任した総長の最初の仕事は総長宿舎の改築である。これも数億円かけることが多い。新しい総長は多くの支援者を総長宿舎に招待し、毎年のように多くの寄付金を集めるという重大な任務があるからである。

続いて、その大学のあるべき姿と将来的な構想を作成し、全員に基本となる方針を発表する。構成員はこの方針を受け取り個人レベルで支援しなければならない。すなわち、大学の将来にわたる様々な施策のうち、いくつかを最重要課題として優先順位をつけ、構成員全員に強いメッセージを出すことが求められる。

一方、日本の大学では、総長のメッセージを構成員が読むことすら稀である。一般に日本の総長や学長の発言はほとんど影響力がない。共通していることは、評論家的な言葉が並べられているだけで、アクションプランがほとんどないことが多い。そして、一部の先進的な大学を除いて一般には総長の権限は極めて小さく、挨拶など、決まった日常業務を行うことしか、求められていない。様々な実際の施策は無数にある委員会や学部の教授会で決まるが、そうしたレベルでは大学の骨格を変えるほどの抜本的な施策は出てこない。

こうして、大きな変革は不可能となり、50年、１００年前と全く変わらないまま、いたずらに時間が経っていく。たとえ、大学が動脈硬化を起こしていても誰も治療のために手を出せない仕組みである。このままの状態では大学がどんどんダメになるのは目に見えている。

米国の総長と教官との関係は、企業における執行部と構成会社員や、政治家と公務員との関係によく似ている。総長、執行部、政治家の本当の役割としては、いくつかの選択肢の一つを選び、強いメッセージを出して実現へのアクションプランを出し、強力に遂行することが期待されている。こうした特異な職種である執行部は、毎日の成果を紡ぎ出す職種とははっきりと異なっており、両者の職種の連続性はほとんど見受けられない。

米国の場合、もし現行の執行部の選択に問題があるとわかったときは、構成員は数年後にその執行部を首にすればいい。我が国の将来のために、この明確な区分を構成員が理解し、制度を受け入れることを期待したい。

こう考えると、本当に効果ある教育と研究制度を目指す大学、流動的な社会に対する機敏な対応が必要な企業の執行部、パワフルで思い切った政策を執行できることが期待される政治家等は、どれを取っても残念であるが、内向型の我が国の社会は実現が不得意である。いずれも、集団の議論を積み上げてゆく手法では、理想を求めすぎて成功しない。

これらの分野で成功するには日本型の内向型民族性を捨て、外向型への改革を採用する思い切りが必要である。すなわち、現実と調和しつつ、外界を支配しようとする外向型の人選をして、その人に全権を託すしかない。興味深いことに、我が国の若者には外向型が増えているという。勇気を持って婆娑羅の心意気で立ち向かう人を探そう。

# おわりに

今の私を支えてくれた全ての人に心から感謝します。

「私の遺伝史」を作ってくれた先生方、また、過去や現在の大学の学生や研究員を始め、研究を物心両面でご支援いただいた様々な人たち、最後に最愛の妻の支えがなければ今の私は存在しないと言って良い。

ここに心から感謝する。

令和2年9月

山本 尚

## 参考資料

『ユングのタイプ論に基づく世界諸国の国民性 そして内向型国民の優れた特性』山口實、CCCメディアハウス
『ハーバード×脳科学でわかった究極の思考法』スリニ・ピレイ、千葉敏生訳、ダイヤモンド社
『放てば手にみてり──『正法眼蔵』弁道話講話』余語翠巖、地湧社
『弓と禅』オイゲン・ヘリゲル、稲富栄次郎・上田武訳、福村出版
『ネガティブ・ケイパビリティ 答えの出ない事態に耐える力』帚木蓬生、朝日選書
『友よ、科学の根を語ろう─思索する若き世代の未来のために』菊池誠、工学図書
『イノベーションのジレンマ』クレイトン・クリステンセン、玉田俊平太監修、伊豆原弓訳、翔泳社
『日本文化の核心 「ジャパン・スタイル」を読み解く』松岡正剛、講談社現代新書
『茶の本』岡倉天心、夏川賀央現代語訳、致知出版社
『現代の技術者』菊池誠、新潮ポケット・ライブラリ
『日本人とユダヤ人』山本七平、角川oneテーマ21
『日本復興(ジャパン・ルネッサンス)の鍵 受け身力』呉善花、海竜社
『大人の学校 卒業編』橋本治他、静山社文庫

**山本尚**（やまもと・ひさし）

1943年、兵庫県生まれ。中部大学先端研究センター長、分子性触媒研究センター長、教授。名古屋大学特別教授、シカゴ大学名誉教授。京都大学工学部工業化学科卒業。ハーバード大学大学院化学科博士課程修了。東レ基礎研究所に10カ月勤務したのち、京都大学工学部助手。その後、ハワイ大学准教授、名古屋大学助教授・教授、シカゴ大学教授などを歴任し、2011年に中部大学教授に就任。 元日本化学会会長。2017年に有機化学で最も権威ある「ロジャー・アダムス賞」受賞。2018年に瑞宝中綬章、文化功労者。

---

# 日本人は論理的でなくていい

令和２年10月２日　第１刷発行
令和２年11月28日　第５刷発行

著　　者　山本尚
発 行 者　皆川豪志
発 行 所　株式会社産経新聞出版
　　　　　〒100-8077 東京都千代田区大手町 1-7-2 産経新聞社８階
　　　　　電話　03-3242-9930　FAX　03-3243-0573
発　　売　日本工業新聞社　電話　03-3243-0571（書籍営業）
印刷・製本　株式会社シナノ
　　　　　電話　03-5911-3355


ISBN 978-4-8191-1391-5